Über dieses Buch:

Leonard Oda-Windchief, mütterlicherseits Indianer mit einem japanischen Vater, belesen, weltgewandt und weitgereist, fragt sich schon lange, *ob die Menschheit noch zu retten sei.*
Voller Ideen und Tatendrang, finanziell gut gepolstert und mit dem Mut des überzeugten Idealisten entschließt er sich eines nachts, seinen Traum von einer besseren Welt wahr werden zu lassen und rutscht zwischen Schiffsschrott und Plastikmüll, zwischen den Pitcairns und den Osterinseln mitten hinein in ein abenteuerliches Projekt von Weitsicht und Größe.
Doch dann kommt es zur Katastrophe aller Katastrophen und nacktes Grauen erfasst die Welt.

W. Hörmeyer beschreibt in seinem Buch Fakten, Erfindungen und Gefahren, die heute über den Ausweg aus der ökologischen Sackgasse und über Krieg und Frieden entscheiden können. Eingewoben in eine spannende Romanhandlung vermittelt er dem Leser die Dringlichkeit der Auseinandersetzung mit den Problemen unserer Zeit.

Wolfram Hörmeyer

PACIFIS
26°S - 120°W

Roman

1. Auflage 2020
© 2020 Wolfram Hörmeyer
Alle Rechte vorbehalten
Umschlag- und Einbandgestaltung Wolfram Hörmeyer
unter Verwendung des Fotos "Steg ohne Weg"
von Wolfram Hörmeyer
Printed in Germany

Herstellung und Verlag: BoD - Books on Demand,
Norderstedt

ISBN: 9783750429246

„Wann, wenn nicht jetzt. Wer, wenn nicht wir?"

„Wann" von Rio Reiser,
(1950 – 1996)
1987 auf dem Album
„Blinder Passagier".

„How dare you? You have stolen my dreams."

Aus Greta Thunbergs Rede am
30.09.2019 auf dem UN-
Klimagipfel in New York

Personen in der Reihenfolge ihres Auftretens:

- Harald Senft, Deutscher, Dispatcher,
- Leonard Oda-Windchief, US-Amerikaner,
  Gründer des Projekts „*Pacifis*",
- Christa Jestel, Deutsche, Englischlehrerin,
- Jeegeta Marak, Bengalinder, im Abwrackbusiness
  Tätiger,
- Werner von der Gruen, Deutscher
  Werbefachmann,
- Gordon Horsford, US-Amerikaner, Chemiker,
- Jan Pellhörn, Deutscher, Blauhelmkapitän,
- Bernard Cartwright, US-Amerikaner, Kapitän der
  US-Navy,
- Rihanna Busuttil, Malteserin,
- Geert Klopper, Südafrikaner, Fischer,
- Juri Jewsejewitsch Rosenfeld, Russe, Kapitän
  1. Ranges der russischen Seestreitkräfte,
- Felicia Arturowna Derschawina, Russin, Leutnant
  und Kommunikationsoffizier der russischen
  Seestreitkräfte

Prolog

„Knuts Kneipe" hatte gerade aufgesperrt und roch, wie immer in den frühen Abendstunden, säuerlich nach kalter Asche, getrocknetem Bier, alten Polstern und feuchtem Lehm. Die Musik war noch leise, J.J. Cale

„Oohoohoo, Babe, you got me on so bad … "

Harald saß auf einem Barhocker am Tresen und rauchte bedächtig. Nach jedem Zug tupfte er die Zigarette in seinem Lieblingsascher ab, der ihm als Stammgast bei Ankunft am Tresen gleich beigestellt wurde (es war ein antiker bordeauxroter Schultheißascher mit der Frage: Was trinken wir? sowie der gereimten Antwort im Relief) und massierte dann den Filterstumpf mit dem Daumen.

Als permanenter Frühschichtdispatcher bei einem der hundert Stromversorger in Berlin war er im „Knuts" immer einer der ersten Gäste und Zeuge der Gläserpolier-künste der jeweiligen Thekenkraft, ein frühgrauer, staubtrockener Kneipenhocker, dem man sein umfassendes Allgemeinwissen nicht anmerkte. Er war Single und Südafrikafan, mochte aber die Nationalburen nicht, mit denen er auf seinen Reisen schon mal aneinandergeraten war. Eigentlich unvorstellbar bei Harald, der den Menschen prinzipiell aus dem Weg ging. Er schwieg aus Desinteresse an Kommunikation und sagte nur etwas, wenn er gefragt wurde.

Dünn und zäh saß er mit rundem Rücken auf seinem Stammplatz und schaute schweigend geradeaus.

Neben ihm lehnte Leonard rücklings am Tresen und hielt sein Bierglas in der Hand. Er schätzte Haralds unaufdringliche Wesensart mittlerweile seit fünfzehn Jahren. Ihm hatte er sich anvertrauen können.

9

„Schrotttanker!", kommentierte Harald, einsilbig, wie er war, mit einem Wort Leonards groben Plan und widmete sich dann wieder seinem „Bier nach vier".

„Wie meinste?", sagte Leonard und wandte sich Harald zu, der sein Glas nahm und die Neige kreiseln ließ, bevor er sie kippte.

Dieser Schwung und ein Blick zur Poliererin genügte, um ihr Wienern zu unterbrechen und dem vorgezapften Bier den Feldwebel aufzusetzen. Leeres Glas weg, volles hin, Strich auf den Bierdeckel und Harald trank an.

Schweigend verfolgte Leonard das Ritual, das mit dem sorgsam zentrierten Absetzen der Tulpe auf der Pappe endete.

„Ja hier - Indien, Bangladesch, China, da werden doch die Pötte gebeacht. Wenn die die ausgeschlachtet haben, haste ´ne gute Basis für dein Projekt. Mit Plaste füllen und an Ort und Stelle schleppen lassen. In ´ner Woche biste in der Südsee. Und wenn de da dann paar zusammenschraubst, haste gleich ´ne Art Insel und das is auch erlaubt." Harald saugte nach diesem für ihn recht langen Monolog einen hinterletzten Lungenzug aus dem Kippenstummel und drückte ihn in seinen Schultheißascher. Dann hob er sein Glas, nahm einen großen Schluck und ließ ihn spülend, langsam im Munde zerrinnen.

Leonard nickte nachdenklich mit gespitzten Lippen und schaute durch leicht zusammengekniffene Augen ins Leere. Harald Senft, 47, Rostocker, war zehn Jahre lang als Maschinist zur See gefahren. Er musste das wissen.

„Oohoohoo, babe, you´re up to your old tricks … "

„Gute Idee." Leonard atmete durch, stieß sich vom Tresen ab, sein Bier in rechter Vorhalte und machte zwei Schritte in die noch leere Kneipe. ‚Alle Müllmänner der Erde vereinigt euch … auferstand´ne Schiffsruinen, und der Zukunft zugewandt … ', flackerte es ihm durchs Hirn. ‚Die Abwrackergilde, wer war das?' Da einen zu finden, der mitzieht, ohne gleich wieder das Großkapital im Projekt zu haben. Das wär´s doch, barg aber eben diese Gefahr, über die noch gründlicher nachgedacht werden musste. Er leerte sein Glas und drehte sich zur Bedienung um.

„Elli, machste nochmal zwei?! Bezahl dann auch gleich alles. Ich lad dich ein, Härry. Keine Widerrede." Harry sprach er englisch aus. Er, der US-Indianer mit dem asiatischen Touch um die braunen Augen, durfte das. Aber sein Deutsch war sonst perfekt und nahezu akzentfrei. Die Biere kamen prompt.

„Okay, Härry - Friede den Hütten."

„Krieg den Palästen."

„Jo."

Sie stießen an.

Erstes Kapitel

I

Leonard war sehr belesen und gab gern Kommentare zu den aktuellen Themen ab. Mit seinen dreiundfünfzig Jahren nahm er sich das heraus.

Wassermangel ist eine unverschämte Lüge und allenfalls ein Problem, das sich mit Entsalzung und ein paar tausend Kilometern Pipeline lösen lässt. Die Saudis hatten es schon vorgemacht.

Religion, als Machtinstrument benutzt, ist und bleibt Opium fürs Volk. Sie hält mit Höllenangst vom Wissen ab, und wer nichts weiß, muss alles glauben. Scheuklappengläubige aber können heute, wie seit alters her, schnell sehr gefährlich werden.

Missbrauch ist eine Zeitbombe, die früher oder später jede Beziehung sprengt.

Mit dem traurigen Bündel ihrer Unzulänglichkeiten (Leonard nannte es „Das Mehr-Frosch-Als-Prinz-Sein-Syndrom") können viele Männer den Ansprüchen der Gesellschaft an Aussehen, Intelligenz, Kraft und Erfolg absolut nicht genügen – verbitterte Existenzen, die selbst mit der Solidarität von Männern übersehener Frauen kaum rechnen können. Ein verdrängter Fakt.

Aggression und Gier in unseren Genen ist Natur, sie zu kontrollieren ist Kultur.

Nationalismus ist kleingeistige, unzeitgemäße Vereinsmeierei und das große Geschäft für Rüstungsindustrielle und Sportverbände.

Eine Geldwirtschaft, die auf Wachstum basiert, muss zwingend alle paar Jahre abgeerntet werden. Bankenpleiten und Währungsreformen sind die Erntehelfer der „ewigen" Gewinner.

Die aktuellen Kriege belegen die tödliche Idiotie geld- und oder ruhmgeiler Alphas, die mit dem Ausbruch des nuklearen Endkriegs spielen und denen der Blick der Astro- und Kosmonauten auf die blaue, im All schwebende Kugel fehlt.

Die Frage nach der Bezahlbarkeit des Rückwegs aus der ökologischen Sackgasse, beweist die kurzsichtige Verblödung des Fragestellers. Um „Sein oder nicht sein" geht´s und „All in", ist die Antwort

„Unser Planet selbst", so Leo, „ist das potentielle Paradies und die einzige, bewohnbare Insel im All. Alle anderen sind zu weit weg, unerreichbar - und wir, völlig irrsinnig geworden, vergasen und vergiften ihn und erstarren in Plastination, wie von Hagens bunte Leichen im grotesken Totentanz ums goldene Kalb!", rief er vorwurfsvoll und tippte sich dabei an die Stirn.

Zu allem hatte Leonard etwas anzufügen, Gehörtes, Gelesenes, Eigenes, querdurch. Da war er ein wenig getrieben.

Stammbäume und ihr Einfluss auf Geschichte im Großen und Kleinen faszinierten ihn. Sie wuchsen seiner Meinung nach im undurchdringlichen Dickicht von Phantasie und der realen Macht der Gene und ihrer Vererbung. Deshalb werden seit alters her uneheliche Geburten gern Adligen in die guten Schuhe geschoben und immer noch ist der Kniefall vor den königlichen Familien die offene Bewunderung derer, die Brutalität, fehlendes Moralempfinden und den Hang zum Größenwahn durch Zuchtwahl und Inzucht in ihrem Erbgut potenziert und fest verankert hatten. Eroberungskriege, Leibeigenschaft, Brudermord, Absolutismus und Idiotie waren die bekannten Folgen. Geblieben sind die Pyramiden und Versailles - und der berechtigte Glaube an die Macht der Gene.

Verwandtschaften sind unvermeidbar. Letztlich ist jeder mit jedem verwandt, denn die Gruppen der Homo-sapiens-Auswanderer aus Afrika, die die Erde in mehreren Versuchen durch ein Nadelöhr besiedelten, waren klein, sehr klein. Man geht von weniger als hundert Individuen aus. Interessanter sind daher Verwandtschaften, die sich auf die Moderne und deren Protagonisten beziehen. Nach heutigem Wissensstand bestimmt die DNA mindestens fünfzig Prozent dessen, was aus einem wird. Auch deshalb liegt Ahnenforschung stark im Trend und ist ein expandierendes Geschäft. Man stößt vielleicht auf Berühmtheiten aus Kunst, Wissenschaft und Politik, deren genetische Nähe vermuten - oder zumindest hoffen - lässt, dass ihre Einzigartigkeit auch im eigenen Genom zu finden ist. Es kann sich also lohnen, bei der eigenen Familie nachzuschauen.

II

Leonard kam aus Bozeman, Montana. Sein Vater, der aus einer alten japanischen Daimyo-Familie stammte, war 1966 auf einem Trip durch die Staaten in dem Örtchen hängen geblieben. Seinem nach fünf Besitzern weichgerockten Pontiac Strato Chief brach das Kardanwellengelenk, als er die Hauptstraße heruntertuckerte. Er kam mit einem schleifenden Unterbodengeräusch vor der Autowerkstatt von Jeronimo Windchief, einem Missouriassiniboine zu stehen. Noch in der gleichen Nacht griff sich dessen Tochter Claire-Luna den schmucken Japaner mit dem für sie interessanten Vornamen Koki (sie war in Cooky aus der Serie „77 Sunsetstrip" verliebt) und wurde schwanger. Als Mr. Oda nach erfolgreicher Reparatur und Reproduktion Bozeman am nächsten Nachmittag wieder verließ, nistete sich der winzige Leonard plazental ein und meldete wenig später mit Claires prägnanter Morgenübelkeit seine nicht mehr allzu ferne Ankunft an. Koki Oda wurde auf diplomatischem Wege gefunden, kam wieder vorbei und heiratete die junge Mutter, um sie und seinen Erstgeborenen jedoch alsbald und endgültig zu verlassen. Aber er schickte 18 Jahre lang einen monatlichen Scheck über 500 Dollar, den Claire stoisch entgegennahm. Koki war okay und sie verlor nie ein schlechtes Wort über ihn.

So wuchs Leonard Oda-Windchief in Bozeman heran und wurde weder wegen seines Aussehens noch seines Namens von seiner Umwelt gehänselt, denn er war geschickt, stark und frei. Seine Samurai- und Häuptlingsgene hatten sich zu einem respektablen Resultat vereint. Er entwickelte einen intelligenten Charme, der den Mädchen gefiel und einen mutigen Auftritt, den die Jungen bewunderten. Aber ein Anführer wurde er nicht und wollte es auch nicht sein. Er verstand schon früh seinen Außenseiterstatus und gab sich klug mit dem zufrieden, was ihm die Gemeinde aus freien Stücken an Zugehörigkeit gewährte. Er spielte Gitarre in einer Countryband und hatte einiges mit den Girls.

Als er Bozeman mit 18 verließ empfand er weder Wehmut noch Erlösung. Er ging einfach, weil es für ihn keinen Grund gab, zu bleiben. Zwei Jahre durchtrampte er Nordamerika, zog nach New Orleans, eine der wenigen interessanten Städte der Staaten, wurde Lehrer für Sport und Biologie (ein „PE-Bio-type", wie die Amerikaner ein wenig geringschätzig sagen) und machte den Job drei Jahre lang. Gleich auf seiner ersten Weltreise, die er mit einer Europatour beenden wollte, blieb er in Berlin hängen. Er wurde als exotischer Musiker herumgereicht und lernte rasch Deutsch. Nach einem mäßig erfolgreichen Versuch, in der Werbebranche Fuß zu fassen, brachten ihn Freunde als Lehrer für Englisch und Sport an einer Privatschule unter und er kaufte sich gleich eine kleine Wohnung in Kreuzberg auf Abzahlung. In ihr lebte er fünf Jahre lang mit Elsa, die ihn aber verließ, weil er keine Kinder wollte.

15

Danach vermied er mehr oder weniger erfolgreich feste Beziehungen. Bozeman besuchte er alle zehn Jahre, wenn er auf seinen Weltreisen, für die er die Sommerferien um drei Sabbatmonate verlängerte, die USA von Seattle nach New York im Greyhound durchquerte. Mittlerweile hatte sich das Örtchen durch „Startreck", „Das Schweigen der Lämmer"' und „The Big Bang Theory" einen Namen gemacht, was ihn im Nachhinein ein wenig stolz sein ließ auf seine Heimatstadt in der welligen, unbewohnten Steppe des Nordwestens der USA.

Leonard war multitalentiert, hatte sich in den meisten Künsten versucht und immer etwas auf Anhieb zustande gebracht. Sich aber einer Sache ganz zu verschreiben, war nie sein Ding gewesen. „Jack of many pots and master of none." Diese Einsicht begleitete ihn lange und rollte die rote Meterware für das Mittelmaß aus, dem er sich durch seinen Hang zur Universalität ergeben hatte. Er hielt sich für den normalsten Menschen in seiner Umgebung und führte das darauf zurück, dass ihm die Dominanz einer Hirnhälfte fehlte. Ob das nun wirklich so war, sei dahingestellt. Er jedenfalls glaubte es, auch wenn sein IQ, wie er recht spät feststellte, mit 144 über dem Durchschnitt lag. Er beließ es allerdings bei einem Test, um einer Enttäuschung vorzubeugen.

Geld interessierte ihn nicht wirklich. Er hatte nie viel, aber immer genug, um zu reisen. Reisen war seine Leidenschaft und er zog das Alleinreisen vor. Alte Sozialbeziehungen hinter sich zu lassen und völlig unbelastet neuen Bekanntschaften entgegen zu gehen, war für ihn ungemein befreiend. Dreimal hatte er die Welt von West nach Ost umrundet. Dazwischen war er zigmal auf den Kanaren, vornehmlich La Gomera, einige Male in Bangladesch, Thailand und Indonesien, Griechenland, Spanien, Italien und Nordafrika gewesen. Die Kapverden vergällten ihm den Vorgeschmack auf Schwarzafrika und Bulgariens

Strände das Interesse am Schwarzen Meer. Budapest und Prag hatten ihm jedoch ausnehmend gut gefallen, Städte, in denen er hätte leben können. Aber Berlin reichte.

Seine große Vorliebe für Bali verlor sich mit den Jahren, wie viele Orte durch Massentourismus und ärmliche Überbevölkerung mittlerweile vollkommen verkommen waren, *Plastic all over*. Die Kalkuttarisierung der Welt, wie er es nannte. Auch dieser Umstand beeinträchtigte ganz erheblich seine Lust an Fernreisen, die er sich über die Dekaden hin immer wieder gegönnt hatte. Stattdessen war in ihm eine gewisse Abwehr erwacht, denn die Bequemlichkeitseinbuße auf seinen Abenteuertouren fand keinen Ausgleich mehr in der Sensation, die für ihn stets von fernen Ländern ausgegangen war. Sie hatte sich verflüchtigt. Er konnte den Dreck nicht mehr seh'n.

Natürlich war Leonard nicht überall gewesen. Seine Welterkundungskarte wies noch viele weiße Flecken auf. Aber er hatte auf seinen Reisen Kenntnisse über den Erdball, die Menschheit und die sich zuspitzenden Entwicklungen gewonnen, die ihn zu quälen begannen. In ihm wuchs eine Wut auf die Frechheit der meisten Politiker und Machthaber und die Dummheit derer, die sie auf den Thron hoben.

2300 Milliarden Dollar Steuergelder, eine unfassbare Summe, gaben die Staaten weltweit Jahr für Jahr dafür aus, sich gegebenenfalls solange konventionell abzuknallen, bis alles - von in die Enge getriebenen Idioten befohlen - nuklear in der Totalzerstörung enden würde. Welch globaler Irrsinn, besonders, wenn man bedenkt, wie schnell mit diesem tötenden, toten Kapital die Heilung der kranken Erde möglich wäre, die unaufhörlich an den Folgen von Kolonialismus, den Weltkriegen und der rigorosen Ausbeutung ganzer Völker und der Umwelt zugrunde ging.

17

Alle Konflikte heute wurzeln in der blutgetränkten Erde, die Europa und sein Ableger, die USA, in den vergangenen fünfhundert Jahren weltweit zurückgelassen hatten.

„Maxima culpa. Das ist die übergroße Schuld des weißen Mannes", sagte Leo und sah sich verpflichtet, seinen Teil dazu beizutragen, *die Welt noch zu retten*, auch wenn er ja eigentlich keiner war.

Doch wie viele Frauen und Männer, Organisationen, Dokumentationen, Filme und Romane hatten sich des Themas nicht schon angenommen?! Mit wirklichem Erfolg? Er konnte ihn nicht entdecken. Der Masse schien egal zu sein, wohin sie trieb. Die meisten Leute interessierte doch nur die Rutschpartie in ihr privates Lebensglück, die weiterhin von den dreisten Betreibern dieses globalen „All-you-can-cheat"-Themenparks verkauft wurde und es war offensichtlich, dass sich die Warteschlange vor dem Einstieg eher verlängerte als verkürzte. Berauscht von der perfekten Animation der Werbung, die die Wartezeit mit ihren unverschämten Hochglanzlügen an jeder Biegung vergessen ließ, bemerkten nur wenige, dass es für die Allermeisten gar kein Rutschvergnügen gab, sondern die Warteschlange das eigentliche, kafkaeske Erlebnis war, für das man sich angestellt hatte - eine Erfahrung, die die Ex-DDRler mit der Wiedervereinigung schmerzhaft machen mussten, auch wenn sie vierzig Jahre lang vor dem Kapitalismus gewarnt worden waren. Aber die Geilheit aufs Konsumentenglück am Grabbeltisch oder in den Highsociety-shops war weltweit ungebrochen und führte auf der dünnen Kruste unseres Planeten durch die fortschreitende Zerstörung von Ökosystemen zur schleichenden Unbewohnbarkeit der Erde, was von den meisten Entscheidungsträgern in Politik und Wirtschaft blind bagatellisiert oder sogar ignoriert wurde. Wie konnte man allen Ernstes glauben, dass eine sich nach wie vor zunehmend motorisierende Erdbevölkerung, die sich in den vergangenen vierzig Jahren auf fast acht Milliarden Menschen mehr als verdoppelt hatte, mit ihrem steigenden Bedarf an Ernährung und Energie keinen Einfluss auf ihre Umwelt und das Klima nähme? Unbegreiflich. Offensichtlich ist nur wenigen klar, wie klein die Welt wirklich ist, auch wenn sie es gerne feststellen, wenn sie jemand unerwartet wiedertreffen.

Nun war Leonard also dreiundfünfzig, ein asiatisch anmutender naturalisierter Berliner mit leichtem Amislang, unabhängig und neuerdings finanziell saniert. Eine überraschende Erbschaft aus Japan hatte ihm über Nacht ein gar nicht so kleines Vermögen beschert und zur sofortigen Aufgabe seines Lehrerjobs geführt. Ein schwelendes Rückenleiden mit psychischen Folgen, oftmals erprobt, ermöglichte ihm die Frühberentung, auf die er nach fünfundzwanzig Jahre Korrekturen nicht verzichten wollte.

„Tausenddreihundert haben oder nicht haben macht bekanntlich einen Unterschied von zwei-sechs", sagte er und hatte rein mathematisch natürlich recht.

So fand er also endlich die Zeit, über seinen Plan für eine bessere Welt - und sei es auch nur ein Stück davon - und dessen Realisierung nachzugrübeln. Er brauchte natürlich Hilfe, das war klar, und er überlegte, an wen er sich zu allererst wenden konnte. Verschwiegen musste er sein, von seiner Gesinnung und verrückt genug, um sich mit ihm erfolgversprechend ans Werk zu machen.

III

Leonards Plan war komplex und mit Ideen und Informationen aus dem gewichtigen Füllhorn seines umfassenden Wissens gespickt.

Im Mittelpunkt seiner Überlegungen standen die Ozeane. Sie schwappen auf zwei Drittel der Erdoberfläche zwischen den Kontinenten in Ebbe und Flut und gehören niemandem. Ist man auf hoher See den Meilenzonen entkommen, die die Staaten in den Festlandsockel ihrer Küstengewässer gepflockt haben und kontrollieren, gilt das Seerecht, das Freiheit von den Gesetzen der Nationalstaaten garantiert. Hast du keine irgendwo gemeldeten Planken unter dir, bist du vogelfrei, hieß es.

‚Fischfrei würde besser passen‘, dachte Leonard und sah sich in Rückenlage im Seegang dümpeln, von einer frech über ihm segelnden Möwe beäugt. Dort könne man der Dummheit, der Gier und Habgier entfliehen, dort sei des Menschen Glück zu suchen. Doch die Idee war nicht neu und schon gar nicht exklusiv seine, wie er schnell feststellen musste.

Das Projekt Peter Thiels, einer der beiden Paypal-Gründer, „eine unabhängige Nation zu erschaffen, die auf internationalen Gewässern schwimmt und innerhalb ihrer eigenen Gesetze operiert“, verfolgte das gleiche Ziel. Die Pläne waren weit gereift, das Seasteading Institute damit befasst, sie umzusetzen, viele Wissenschaftler, Ingenieure, Anwälte, Investoren und Künstler involviert. Inselstädte sollten entstehen und die Finanzierung durch den Verkauf einer crowdsourced Währung gesichert werden. Die Sache lief und würde 2020 vor Tahiti mit dem Bau der ersten Inselstadt gestartet werden. Leonard fühlte sich fast ausgebootet. Doch fand er seine eigene Idee genialer, logischer und, ganz wichtig und richtig - ein blöder, ihn geradezu anekelnder Politikerseimreim, doch hörte er ihn sich sagen, wenn er in Gedanken zu den Menschen sprach, die er zu gewinnen suchte -, er hatte Meer *und* Müll auf seiner Seite.

Ausgangspunkt der Idee war die bewiesene Tatsache, dass sich der Plastikdreck in den Ozeanen, der sich jährlich um 13 Millionen Tonnen vermehrte, in fünf riesigen Wirbeln auf hoher See zu schwabbelnden Arealen kontinentalen Ausmaßes konzentrierte. Hatte sich der Niederländer Boyan Slat bereits als Teenager mit dem viel beachteten Ocean-clean-up Projekt daran gemacht, die Meere zu reinigen, bestand Leos Plan darin, die Plastikbrühe vor Ort zu verdichten und mit der Kunststoffmüllmasse des Festlandes, die weitaus größer war, als die in den Ozeanen, 300 Millionen Tonnen im Jahr, noch anzureichern. Ein Stahlskelett aus Schrotttankern würde schnell zu einem soliden Resultat führen.

Aber selbst auf die Idee mit der Plastikmüllinsel waren schon andere vor ihm gekommen. Mitten in seinen Überlegungen stieß er im Internet auf die WHIM-architecture, ein internationales Architekturbüro, gegründet 2004 von dem Niederländer Ramon Knoester in Rotterdam, die „eine moderne, skurrile, skulpturale Architektur entwirft", wie es von ihr hieß und seit einiger Zeit an dem Projekt „Recycled Island" forscht, dessen Ziel ein selbsttragendes, schwimmendes Einfamilienhaus aus Abfall ist. Logisch, dass es einem Holländer einfallen musste, mit einem sicherlich angenehmerem Leben, als dem der fliegenden Literaturvorlage. Überhaupt sollen ja die Niederländer, deren einzigartiger Reichtum mit dem Hering begann und in Hinterindien endete, zu den zufriedensten Völkern auf Erden gehören, trotz der permanenten Bedrohung, vom Meer verschluckt zu werden.

Die Finanzierung seines Projekts stellte sich Leonard so vor: Mit Plastikmüll ließ sich Geld machen. Alle Industrienationen wollten ihn los werden und fragten nicht danach, was damit passierte. Jahrelang hatte China weltweit den Dreck eingesammelt, dies jedoch 2018 plötzlich eingestellt. Danach importierten Malaysia, Indien und andere Staaten in Südostasien den meisten Müll der reichen Nationen gegen Bezahlung und hatten selbst zu viel davon, wodurch es zu einer unkontrollierten Weiterleitung der Abfälle in noch ärmere Länder kam. In vielen bevölkerungsreichen Regionen lebten die Menschen bereits seit Jahren auf einer meterdicken Plastiklage, die sie in die Erde stampften und die nach einem Clean-up schrien.

Die natürlich weder ernst gemeinten und noch eingehaltenen Recyclingversprechen der Getränkeabfüller nach ihrer weltweiten Umstellung von Glas auf PET, sowie die Tatsache, dass sich der Plastikmüllmischmasch auch gar nicht mehr trennen ließ, um mit herkömmlichen Verfahren recycelt zu werden, kamen seiner Idee sogar zugute. Offensichtlich wusste keiner mehr, wo man den Dreck noch lassen konnte. Die Zeit war reif für den Ausweg, den Leonard anbot. Seine ersten Müllgeschäfte würden eine profitable Kettenreaktion auslösen, um rasch Kapital und Material für die Umsetzung der Idee bereitzustellen. Es war so einfach.

In dieser Zeit hörte Leonard von ersten, zarten Versuchen zur Selbstreinigung in Indonesien, wo man mittlerweile ein Busticket oder sogar einen Arzt mit Plastikmüll bezahlen konnte. Tolle Sache, aber nur ein Tropfen Öl in das sich festfahrende Getriebe dieser Welt, urteilte Leonard.

Schwieriger stellte sich die Verdichtung des Mülls im Meer zu einem festen Untergrund dar. In seiner Vorstellung musste am besten etwas her, was die Plastikteile selbständig zu einer schwimmfähigen Fläche verband, die zu einer Mächtigkeit mit entsprechendem Auftrieb heranwachsen konnte, um als Fundament für eine Besiedlung und wirtschaftliche Nutzung zu dienen. Für die Lösung dieses Problems dachte er zunächst an etwas Biologisches wie eine Flechte, diese Symbiose aus Pilz und Alge, (die deutsche Bezeichnung gefiel ihm, weil sie das Kunststoffstrickwerk assoziieren ließ, das er vor Augen hatte), die, geimpft mit PE verdauenden Bacillus- und Enterobacter-Mikroben aus dem Darm der Mehlmotte *Plodia interpunctella*, den Kunststoffdreck einsammeln würde. Eine nach Plastik hungernde Chimäre mit dem passenden Enzymsystem.

Bei landlebenden Flechten umwächst der Pilz immer die Alge. Der Vegetationskörper seiner Wasserflechte jedoch müsste aus einem Pilzgeflecht bestehen, das von einer Mikroben durchsetzten Algenhaut mit Lufteinschlüssen umgeben sein würde und so geschützt und ernährt sich im Meer massiv ausbreiten konnte. Schließlich war der größte je entdeckte Organismus ein Hallimasch, der in den Wäldern Nordamerikas den Boden auf 900 Hektar zusammenhängend durchzog. Gut, er hatte 2400 Jahre dafür gebraucht. Aber das marine Leben ist extrem produktiver, als das terrestrische. So machte er aus den 900 Hektar in Gedanken 90.000, was der Größe Rügens entsprach, und aus den 2400 Jahren eine Zeitspanne von 24.

Zusätzlich war davon auszugehen, dass sich eine erste noch so kleine, zentrale Plastikinsel als Kondensationskern durch Plastikanschwemmung von selbst vergrößert. Korallen würden sich ansiedeln und zur enormen Verfestigung der Struktur führen. Seine Ideenflut hörte nicht auf. Und es kämen ja noch die Maßnahmen dazu, die andere, klügere Köpfe sich ausdenken würden.

Genau genommen war Leonards Idee eine Kombination aus Slats, Thiels und Knoesters Projekten. Am liebsten hätte er alle mit ins Boot genommen. Doch auch ohne sie hatte er die Umsetzung seiner Vision so deutlich vor Augen, dass für ihn außer Frage stand, die kompetenten, innovativen Physiker, Chemiker, Logistiker und Biologen zu interessieren, die es brauchte. Das Versprechen, das sich an den Erfolg knüpfte, war zu groß. Es rief unüberhörbar laut: Freiheit für die Menschen und Rettung der Welt. Diese schwimmende Insel würde mit vorhandener und neuer Technologie den Boden für eine Gesellschaft gleichgesinnter Pioniere legen, in der die Fehler der Menschheit keinen Platz mehr hätten. Wachstum würde dann Werden und Vervollkommnen des Projekts bedeuten und nicht mehr die abnorme Zunahme des Privatbesitzes von Individuen, die die Menschen seit einigen Jahrtausenden in Wölfe und Schafe einteilten und sich dabei richtig wohl fühlten. Diese leidige und sinnlose Habgier musste ein Ende finden, so hoffte er, und wenn die ewig gestrigen Raffzähne nicht anders konnten, sollten sie ihr Spiel auf den alten Kontinenten weiterspielen oder sich ihre eigene Plastikversion auf einem der übrigen Wirbel suchen. Es gibt ja fünf davon.

Doch die Anzeichen häuften sich, dass die Zeit für die Erde und für ihn knapp werden würde, das sechste Massensterben der Arten auf dem Planeten hatte begonnen, ihre Vielfalt schrumpfte rasant, alles lief auf eine Auswegslosigkeit hinaus, und so fasste Leonard den Entschluss, auf nichts und niemanden mehr zu warten, sondern einfach anzufangen.

Die Idee mit der biologisch selbständig wachsenden Insel, stellte er erstmal hinten an, da der Prozess zu langsam sein würde, zumal er die Dichte der Plastikteile in den Wirbeln ein wenig überschätzt hatte und dachte nun eher an riesige schwimmfähige Plastiksäcke, die fest verbunden die Unterlage für die Insel werden sollten. Die Nanostruktur der Kunststoffoberflächen würde einen Lotuseffekt zur permanenten Selbstreinigung und die Laserbestrahlung des Plastiks unzählige Lufteinschlüsse für die Unsinkbarkeit der Säcke erzeugen, letzteres ein Verfahren, mit dem unlängst ein gewisser Chunlei Guo und sein Team an der University of Rochester selbst Metall zum Schwimmen gebracht hatten.

‚Ein dutzend umgebauter Seelenverkäuferriesen und ab in einen Wirbel, am besten in den Südpazifischen‘, dachte er sich, ‚auch wenn der Great pacific garbage patch im Norden mit 1,8 Billionen Plastikteilen den meisten Dreck hatte.' Aber die UKW-SA, die vereinigten Kapitalisten und Waffenschmieden Staaten von Amerika, wie er sein Heimatland betroffen nannte, und tatsächlich gab es von den einen, wie den anderen dort die meisten und reichsten, lägen dann in direkter Nachbarschaft und das machte ihm Sorgen. Die fühlten sich immer gleich bedroht, wie in den Disneyfilmen der blöd verschreckte Elefant von der Maus. Wie würden sie wohl solch einer potentiellen Beeinträchtigung ihrer „nationalen" Interessen vor der eigenen Küste begegnen? Ein paar Bomber und alle zarten Umsetzungsversuche seiner Idee hätten sich wieder verflüssigt. Womöglich würde der Präsident, wer immer auch gerade am Ruder war, die Staffel, wie in den Sci-Fi-Filmen mit Alienbedrohung, selbst anführen und sei's nur, um sein Image im Volk aufzupolieren. Denn nach der Wahl war vor der Wahl - und die Versprechen scheißegal, was im Übrigen auf alle Regierungen zutraf. Machen wir uns nichts vor. Nein, der Südpazifik musste es sein. Dort gab es angenehme Durchschnittstemperaturen, ausreichend Niederschläge, keine Wirbelstürme und zudem zwei interessante Inselgruppen, die im Einzugsbereich seines Plastikstrudels lagen: die Pitcairns und die Osterinseln, an deren Strände bereits seit Jahren Unmengen von Plastikmüll angeschwemmt wurden und von dem der weltweit bekannten „Garbage Warrior" Michael Reynold die Musikschule auf Hangaroa gebaut hatte. ‚Auch so einer', dachte Leo, ‚der mit ins Boot müsste.' Sie stellten hervorragende Stützpunkte für die logistische Umsetzung des Projekts dar, das auf den 2000 km zwischen den Inseln seinen Platz finden würde. Wegen der Osterinseln müsste man mit Chile sprechen, der Status der Pitcairns dagegen war gewissermaßen in der Schwebe. England wollte sie eigentlich loswerden. Es bedurfte also gar keiner neuen Meuterei, wenn die Nachfahren von Fletcher Christan auf ihren Status als letztes britisches Überseegebiet und der damit verbonden finanziellen Unterstützung aus London verzichten würden. Mit den entsprechend entschlossenen Einheimischen ließe sich sicher eine international anerkannte Selbständigkeit verwirklichen. Ihm wurde ganz schwindelig, je länger er darüber nachdachte, wie überaus machbar die Umsetzung seiner Idee war. Sicher gab es noch etliches auszuarbeiten. Aber so oder so ähnlich würde es laufen.

Als er in dieser Nacht den Laptop runterfuhr, ihn neben seinem Bett auf den Boden legte und die Leuchte auf dem Nachttisch ausknipste, wieder extrem verärgert über die neuen Beiträgen zur Bedrohungen durch Plastik, CO_2 und Nuklearwaffen, hatte Leonard den Entschluss gefasst. Er wollte alles auf eine große Karte setzen und hatte deutlich vor Augen, wie es ablaufen könnte, als er sie schloss.

Die Nacht schlief er durch, was ihm nur selten gelang.

Zweites Kapitel

I

Zwei Tickets nach Chittagong, Bangladesch.

Weil er diesmal keinen Bock hatte, allein zu reisen - die letzten Ausflüge waren unangenehm einsam gewesen - hatte er Chris angeboten, auf lau mitzukommen.

„Klar. Gern. Cool. Wenn ich´s einrichten kann. Aber klappt schon", hatte sie gesagt und die Sache war mehr oder weniger abgemacht.

Christa Jestel, 43, schon immer von weitem am lockigen Hennahaar zu erkennen, ´n bisschen öko und eso, nochschlank, überzeugt ungebunden und lustig dazu, gab Nachhilfe in Englisch auf Honorarbasis in einem Institut in

Neukölln und konnte da jederzeit pausieren. Leonard wusste das.

Sie hatten in den vergangenen Jahren immer wieder mal miteinander gepennt. Also gab es auch da kein Problem. Alles kann, nichts muss. Man würde sich aushelfen, wenn´s dazu kam.

„Und warum gerade dahin, ins Armenhaus am Golf von Bengalen?"

„Mal gucken, wie es da jetzt so is´. War ja schon mal da", hatte Leonard geantwortet. „Cox´s Bazar im Süden hat mir gut gefallen. Einer der längsten Strände der Welt."

Chris hatte dann nachgeschaut. Da gab´s auch das größte Flüchtlingslager aller Zeiten, Kutupalong, 920.000 Menschen. Das alles hörte sich nicht so toll an. Aber sie hatte ihm trotzdem Pass und Fotos gebracht und er die Visa besorgt.

Dann saßen sie im Flieger nach Chittagong. Nach vier Stunden klärte Leo sie vorsichtig auf. Sie musste Bescheid wissen. Er wollte sie in seinen Plan einzubinden.

Verblüfft lachte sie ihn an und schubberte mit dem Handrücken über das ihr zugewandte, knochige Indianerjochbein. „Leo, du hast ´se doch nich alle!"

„Ehj komm, is ´n Abenteuer." Er schaute sie mit leichtem Vorwurf an.

„Ich will aber auch Urlaub machen", lenkte sie, immer noch belustigt, ein.

„Klar, machen wir."

Er hatte im Peninsula Chittagong Limited gebucht, separate Kingsize-beds. Als sie nach elf Stunden Flug kaputt an der Rezeption standen, gab es mit seiner Vorbestellung Schwierigkeiten. Sie hätten nur noch französische Betten, hieß es zunächst. Schließlich bekamen sie ein Executive Twin und nahmen den Fahrstuhl in den achten

Stock. Die beiden Liegen mussten sein. Keine Zwänge, keinen Stress.

Er nahm das Bett am Panoramafenster neben der Tür zum Zweitklo. Chris war einverstanden. Es gab ja noch das Badezimmer. Sie hatten einen weiten Blick über die fünf Millionen-Metropole bis zum Horizont. Der Himmel war verhangen. Es war noch früher Vormittag.

Leo ging zuerst duschen, drei Minuten, dann war er wieder draußen, griff sich den Reiseführer von der Kommode und schmiss sich in frischer U-shorts aufs Bett. Chris verschwand im Bad. Nach zehn Minuten hörte er den Föhn und nickte über dem gleichförmigen Geräusch fast ein.

„Stück ma´ ´n Rück." Chris hatte sich einen Sarong umgebunden und über der Brust verknotet. Sie stand vorgebeugt an seinem Bett und schaute ihm in die blinzelnden Augen.

„Okay." Er machte Platz und sie legte sich seitlich dazu. Ihr kupferrotes Haar war noch feucht, als ihr Kopf sanft auf seiner Schulter und ihre rechte Hand mit den vielen Fingerringen dumpf klatschend auf seinem Bauch landete. Er krümmte sich leicht erschreckt, stöhnte ein gespielt empörtes ‚Öih' und schaute sie aus nächster Nähe mit heruntergezogenen Mundwinkeln und steifem Nacken von der Seite an.

„Aha", sagte er.

Sie roch ganz frisch.

II

Im dicken Schlitten vorfahr´n. Leos diffuser Plan war, sich erst einmal die ganze Abwrackindustrie anzuschauen und eventuell Kontakte zu knüpfen. Dabei sollte ein Luxusmobil und eine aufgebrezelte Chris am Arm für das nötige Interesse bei möglichen Geschäftspartnern sorgen. Ma´ gucken, ob einer guckt.

Nördlich von Chittagong hatten sich zwischen den Küstenorten Bhatiara und Sitakunda in den vergangenen fünfzig Jahren über siebzig Unternehmen etabliert, die ein Drittel der weltweit anfallenden Hochseedampfer von einem traurigen, vergifteten Menschenheer verschrotten ließen. Über zweihundert Pötte, Jahr für Jahr, nur dort.

‚Da muss ich zuerst hin, bevor ich mit dem Plastik weitermachen kann‘, hatte sich Leo gedacht und stand gleich am nächsten Vormittag auf dem Platz der Autovermietung von Fakhruddin Chowdhury, zu der ihn ein Taxifreund des Portiers durch den lärmenden, beißenden Innenstadtverkehr der Südmetropole von Bangladesch kutschiert hatte. Auf den ersten Blick konnte er nichts Passendes sehen. Kleinwagen, alt und neu, meistens Japaner und Koreaner. Unschlüssig drehte er sich um die eigene Achse und sah nach den vollendeten 360° einen kleinen, runden Mann auf sich zusteuern, der ihm im Abstand von fünf Metern die Hand entgegenstreckte.

„Chowdhury, how are you, Sir, what can I do for you, Sir?“, der Boss persönlich im herzlich gluckernden Indienenglisch. Leo nahm die Hand. Sie war weich und trocken.

„How are you, Mister … Chowdhury“, las Leo vom Firmenschild ab. „My name is Oda-Windzhief, Sir, nice to meet you. I`m looking for a luxury car. But I don`t see any, so …“

„Sir, excuse me, Sir“, unterbrach Mr. Chowdhury mit teigigem Lächeln seinen fragenden Rundumblick, „but this is just for the ordinary custormers. I have something very special for you, Sir. Please.“ Er machte eine einladende Geste und zeigte dann mit der flachen Hand auf einen Schuppen neben dem heruntergekommenen, Betel bespuckten Bürohäuschen, in dem er wohl gerade auf Kundschaft gewartet hatte.

Der cremefarbene Rolls Royce Corniche II mit ebensolchen Ledersitzen, ein Silver Shadow convertible, war genau die Art Schlitten, an die Leo gedacht hatte. Mr. Chowdhury hatte 40.000 Taka, knappe 400 Euro für drei Tage inclusive Pflichtchauffeur haben wollen, ließ sich jedoch auf 30.000 Tacken herunterhandeln und bekam die Kreditkarte. Leo machte noch ein paar Fotos von zwei kleinen Macken in der Karosse und verabschiedete sich von Mr. Chowdhury mit einem kräftigen Händedruck zum Zeichen von Entschlossenheit und Härte gegen Heimtücke und Beschiss. Aber dies war nicht Indien, sondern ein muslimisches Land mit harten Gesetzen. Es ging hier schon ehrlicher zu. Sein Fahrer Mahdi fuhr ihn zum „Peninsula" zurück. Begeistert von der schicken Karre und dem Sitzkomfort, überlegte er, die günstige Wochenmiete für weitere 20.000 Taka zu nutzen. Man würde sehen.

Vor dem Hotel angekommen, war er mit seinem Tagwerk eigentlich schon zufrieden.

‚Komm mach was!', ermahnte er sich, stieg aus und bat Mahdi zu warten.

Als er die Lobby durchquerte, entdeckte er Chris. Sie saß auf einem breiten Sofa unter der weit geschwungenen Treppe, die zum Speisesaal hinaufführte und hatte ihn auch gleich entdeckt.

„Und? Haste was gefunden?"

Er ließ sich neben ihr in die Polster fallen.

….„Super Karre. Können gleich ´ne kleine Spritztour machen, wenn du Lust hast."

„Si claro. Auf geht´s."

„Musst du noch mal hoch?"

„Nö!"

„Okay, auf geht´s." So mochte er das. Keine Umstände, keine Warterei. Ihr Outfit passte auch. Sportlich, sexy, rote Lippen.

III

Jeegeta Marak stand an dem ölversifften Strand, an
dem sein Onkel gerade zwei Kreuzfahrer und einen Containerriesen abwracken ließ und checkte durch seine Blues-
Brothers-Ray-Ban Sonnenbrille die Lage. Die Maraks
kamen ursprünglich aus Meghalaya, ein indischer Bundes-
staat, der im Norden an Bangladesch grenzt, wo sie noch
heute einen wichtigen Einfluss auf Politik und Gesellschaft
ausüben. Ein dort ansässiger, entfernter Verwandter mit
dem erstaunlichen Namen Adolf Lu Hitler Ragsa Marak
war Mitglied der Nationalist Congress Party und Vorsitzender des Ausschusses für öffentliche Aufgaben. Andere
Vornamen von Politikern waren Lenin, Stalin oder Fran-
kenstein. Der Inder denkt gern grob geradeaus.

Jeegeta war achtundzwanzig, ein ehemaliger Boli Khela
Ringer, der jedoch mit einundzwanzig die asketische
Lebensweise abgelegt hatte, die sein Verein nach indischer
Kushtitradition von seinen Mitgliedern verlangte. Kein
Fleisch, keinen Sex, aber sechs Stunden hartes, tägliches
Kraft- und Ausdauertraining. Trotz oder wegen des sexu-
ellen Dammbruchs, der sich nach seinem Clubaustritt
zwangsläufig ergab, war er unverheiratet, wechselte häufig
die zumeist indische Freundin und war sich in der letzten
Zeit unsicher, nicht doch schwul zu sein, was in Bangladesch auch für Nichtmuslime, er war Hindu, prekär enden
konnte. Er war leicht übergewichtig, jedoch noch sehr
muskulös und überhaupt gut in Schuss.

Langeweile bestimmte sein Leben. Sein Onkel hatte ihn
mit zwölf nach dem frühen Tod seines Vaters wohl wegen
seines Wunderkindstatus´ in Mathematik und auf den
Tablas adoptiert, und er erwartete von seinem Neffen, als
er nicht mehr rang, dass er sich im Business nützlich
machte. Nun arbeitete er seit sieben Jahren in der

Endverwertung der ausgeschlachteten Dampfer, die in letzter Zeit schlecht lief. Es war zu viel Stahl auf dem Markt und China und Australien, die weltweit größten Eisenerzförderer, lagen praktisch vor der Haustür. Trotzdem mussten die Wracks vom Strand und so hatte ihn sein Onkel zusätzlich zur Organisation und Überwachung der Ausschlachtkolonnen abgestellt, um die Prozesse möglichst zu beschleunigen.

Das anschließende, mühsam in primitiver Handarbeit von unzähligen, schlecht bezahlten Tagelöhnern unter unmenschlichen Bedingungen irgendwie bewerkstelligte Zerlegen der Schiffsrümpfe dauerte dann noch ewig und war so stupide, dass ihn der Ekel überkam, wenn er inmitten der ausgemergelten Gestalten, Männer, Frauen und Kinder das Gewusel überwachte, in dem sich immer wieder einer dieser entsetzlichen Arbeitsunfälle ereignete, die meist mit dem Abtrennen von Körperteilen oder anderen lebensbedrohlichen Verletzungen einhergingen. Er hatte das Ganze satt und sehnte sich nach Veränderung. Alle sieben Jahre sollte etwas passieren, dass seinem Dasein einen neuen Sinn geben würde und es war soweit. Er glaubte fest an die Lebenszyklen. Nach zwei Stunden abwesender Anwesenheit drehte er sich um und schlenderte zurück zu seinem Jeep, um in einer Bude an der Hauptstraße einen Chai zu trinken.

Er sah den offenen Corniche von rechts heranrollen und war nicht überrascht, als er vor ihm hielt. Sein fescher, naturfarbener Leinenanzug machte immer Eindruck auf ortsunkundige Touristen und gern ließ er sie links liegen. Aber dies hier war ein Rolls Royce mit blinkender Emily auf dem Kühler und einem interessanten Paar im Fond, das ihm entgegensah. Jeegeta trat näher heran.

„May I help you, Sir," fragte er in bravem Pidginsingsang und lächelte.

„I hope so," antwortete Leo amerikanisch sonor und lächelte zurück.

IV

Ihre Dreierbekanntschaft kam rasch in Schwung.

Jeegeta gestattete Leo und Chris ohne Umstände einen sonst nicht gern gesehenen Blick auf die Abwrackerei, ohne nach dem Grund des Interesses zu fragen. Ihm war es egal. Er sah sich an einem Wendepunkt seines Lebens angekommen und betrachtete jedes alltagsferne Ereignis, wie diese Begegnung, als Anzeichen und vielleicht schon Teil der bevorstehenden Veränderung. Selbst ein Rausschmiss aus der Firma seines Onkels hätte ihn nicht geschreckt. Gutgelaunt holperte er im Jeep mit seiner neuen Bekanntschaft über den Strand, auf dem sich die riesigen Schrotthaufen erhoben. Chris machte Fotos und zeigte sich beeindruckt von den außergewöhnlichen Motiven.

Als Leo dann die bedauerliche Verschmutzung ansprach, die dieser Schiffsfriedhof kilometerweit an Land spülte, wies Jeegeta abwinkend darauf hin, dass es hier noch genügend saubere Strände gäbe, wie Cox´s Bazar, ein lohnender Ausflug in den Süden. Da hätten sie eh hingewollt, erwiderte Leo, und ob er nicht Lust hätte, mitzukommen.

Und so saßen sie am nächsten Tag zu dritt im Corniche und Chris hatte im Fond eine von drei Flaschen Sekt aufgemacht, die ihr der Barmann in einer Kühltasche zugesteckt hatte. Alkohol in Bangladesch war eine komplizierte Sache.

Mahdi hatte gegen einen kleinen Aufpreis das Steuer Jeegeta überlassen, der sich für einen Tag selbst beurlaubt hatte und davon überzeugt war, bei einer Polizeikontrolle die Sache regeln zu können. Mietwagen ohne Chauffeur waren nicht erlaubt.

Das Radio kapriolierte in indischen Schlagergesängen schriller Frauen- und samtiger Männerorgane, die dem ungeübten Ohr schnell auf den Wecker gingen, doch dann als gleichförmiges Geräusch mit dem Kolorit von Land und Leuten zu einem unumgänglichen Gesamteindruck verschmolzen. Es konnte sogar passieren, dass man begann, die Musik zu mögen, so wie das leicht dickliche, indische Schönheitsideal, dessen pralle Lebenslust auch in Bangladesch von riesigen Plakaten auf Häusern und Stellwänden bunt herunterlächelte.

Auf der gut zweistündigen Fahrt kam man sich näher. Die Stimmung im offenen Rolls war angeheitert. Jeegeta vertrug nicht viel und gab bald eine Zusammenfassung seines bisherigen Lebens zum Besten, während er munter den Corniche über die R170 nach Süden steuerte. Dann war Leo dran, der seine Biographie stark verkürzte, weil er ja eigentlich hoffte, langsam auf das Shipbreaking Business überleiten zu können. Aber Jeegeta wollte alles haarklein über seine Reisen wissen, wo er schon gewesen war und was er von Europa und Amerika gesehen hatte. So ging Leo ins Detail und verlor sich bald selbst in seinen Erinnerungen, von denen einige wirklich unterhaltsam waren. Zudem spürte er, wie der junge Mann zunehmend in eine Begeisterung für ihn verfiel, die ihm nützlich erschien. Dann bat Jeegeta auch Chris um ihren Lebenslauf, die sich zunächst ein wenig sträubte, aber mit der Schilderung ihrer Lieblingsinseln im Mittelmeer doch in Fahrt kam. Menorca, Kreta, Lesbos. Und auch hier hörte Jeegeta aufmerksam hin und trank gern noch ein Schlückchen. So verging die Fahrt in lustiger Unterhaltung, bis sie mit ein paar Snacks und der letzten Flasche Sekt aus Chris´ Picknickkorb in Cox´s Bazar am Strand saßen und Leo das Gespräch vorsichtig auf das Schrottbusiness lenkte, indem er Jeegeta nach seinen Zukunftsplänen befragte. Der ließ nun dem Ekel über sein Leben freien Lauf und war bass erstaunt, als Leo ihm zwar sein Mitgefühl aussprach und dennoch zugab, wegen des Schrotts hergekommen zu sein.

„So you are in the business too", war Jeegetas enttäuschte Reaktion. Da holte ihn scheinbar das Leben ein, dem er gehofft hatte, mit Hilfe dieser neuen Freunde, und sei es nur für eine Weile, zu entfliehen.

„No! Not really", wand sich Leo ein wenig übertrieben ächzend und schaute in die nun traurigen Augen des jungen Bengalinders. „You know, I´m crazy, Jeegeta. I have this idea. But it`s nothing for the public yet. It´s kind of a secret, I´m not ready to share."

„Oh, I see."

Es folgte ein Schweigen, dem Leo bewusst ein wenig Raum gab, um die unangenehme Stimmung schließlich zur Erleichterung des neuen Freundes abrupt mit einem „okay" zu beenden.

„But please, you are my friend, listen and if you think it`s too crazy, forget." Dann schilderte er seinen Plan recht detailliert und endete mit der Funktion der Schiffswracks als Ausgangsinsel für das Plastikprojekt in der Südsee.

Jeegeta schaute ihn mit großen Augen an. Dann sprang er auf und lief vor ihnen aufgeregt im Sand hin und her.

„*Pacifis*", brach es schrill aus ihm heraus, „you want to create *Pacifis*, the Atlantis of the South Seas! Peace and freedom. That´s great, that´s fantastic - made out of steel and plastic. What a great concept! That´s so gorgeous, Leo! Do you know that?"

„*Pacifis* you call it. Wow, Jeegeta, good idea. Who loves ya, babe? You´re beautiful." Leo war entzückt, wie Kojak, den er hin und wieder so zitierte. Doch im gleichen Moment merkte er auch, dass Ironie hier vielleicht fehl am Platze war.

„Das wär´ ein guter Name für das Projekt, Chris, oder? Hab noch nie von *Pacifis* gehört. Du?"

Der Bengalinder flatterte mit erhobenen Armen eine Runde über den Strand. Er war betrunken.

„Nö, aber das hat was. Und schau dir den an. Der flippt aus. Der macht mit. Pass auf." Sie hob die Augenbrauen und deutete mit dem Kinn auf den Tanzenden.

„That´s a really inspiring name, Jeegeta", rief sie ihm zu, „it´s great!"

Der strahlende Jeegeta kam zurück und kniete sich vor Chris und Leo in den Sand. „I want do be part of it, please, I really do!" Er streckte ihnen beide Hände entgegen.

„Sure, my friend, our pleasure, everyone can help. So we are three." Sie fassten sich bei den Händen und hoben sie hoch. Chris und Jeegeta jubelten. Himmel, es lief!

V

Das Mezetto im obersten Stockwerk des Radisson Blu Chattogram Bay View Hotels bot einen weiten Blick über das städtische Agglomerat von Chittagong. Jee, wie Chris und Leo Jeegeta nun nannten und damit die Bananen aus dem Kopf bekamen, an die sie bei dem Namen sofort hatten denken müssen, bestellte die Getränke ihrer Wahl beim devoten Kellner, der sich freundlich, bedacht und leicht vorgebeugt seine Notizen machte. Die Langsamkeit sollte das Firstclassambiente der Barlounge abseits des lauten Restaurants im zwanzigsten Stock des Nobelhotels unterstreichen. Hier gab es für Touries sogar Alkoholisches. Leo kannte die internationale Hotelkette bislang nur von außen. Das Radisson in Hamburg ist eine Nummer für sich. Er hatte schon mal davorgestanden. Es ist das höchste Hotel in town.

Nach einer Ewigkeit kamen die Getränke.

Jetzt steckten sie im Mezetto die Köpfe zusammen und besprachen die Probleme, die sich vor ihnen auftürmten. Jee war verhalten zuversichtlich. Sein Onkel würde sich vielleicht überreden lassen, ihnen ein paar Pötte günstig abzugeben. Sie machten, wenn ausgeschlachtet zur Zeit sowieso mehr Probleme, als Profit. Nur waren sie, wenn, wie üblich, einmal auf den Strand gefahren, kaum noch ins Meer zurückzubringen. Also mussten sie für den erneuten Stapellauf auf ein Gerüst oder in ein Dock gebracht werden. Und das kostete. Zudem musste Onkel Marak irgendwie einbezogen werden, ohne das eigentliche Vorhaben gleich preis zu geben. Jee wollte ihn vorsichtig mit der Idee konfrontieren, den Betrieb auf das bloße Ausschlachten der Schiffe umzustellen und die Wracks auf andere Weise zu entsorgen, als sie unbedingt auf dem Strand zu zerlegen. Die Frage war nur, ob er ihm überhaupt zuhören würde. Auch das war ein Problem. Auf der anderen Seite könnte der Betrieb in viel kürzerer Zeit mehr Schiffe abfertigen, als bisher, was größere Gewinne versprach. Auch in Bangladesch war Zeit Geld.

Es gab Makler, die das Abwrackgeschäft organisierten. Sie würden eine Beschleunigung ihres Umsatzes aus genau diesen Gründen allzu gern unterstützen. Mehr Kohle in kürzerer Zeit. Darauf kam´s ja an. Mit einem von diesen im Geschäft hatten sie sicher eine größere Chance, den Onkel zu knacken. Dann würden sie die schwimmfähigen Riesenbäuche mit allem füllen, was sie brauchen und in ihren Wirbel schleppen, um sie dort zusammenzuschweißen. In spätestens einem Jahr sollte im Südpazifik eine imposante Stahlinsel mit Hubschrauberlandeplatz, Unterkünften, Laboren, Wind- und Solarenergiegewinnung und einer Meerwasserentsalzungsanlage schwimmen, bewohnt, bewirtschaftet und unterhalten von Pacifis Gründervätern und -müttern. Für Kinder wäre es wohl erstmal nichts. Oder doch? Vielleicht später, die Insel würde ja wachsen.

Leo war mittlerweile auf die Idee gekommen, dass man überall an den vermüllten Hotspots der Erde spezielle Container aufstellen könnte, um Plastik von der Bevölkerung gegen Bezahlung in stabile, sechseckige Riesenmüllsäcke sammeln zu lassen, die als Pontons verbunden eine zügige Ausdehnung von *Pacifis* ermöglichten. Die Verpackungsindustrie würde sich um den Auftrag reißen, die Salzwasser resistenten Plastikwaben herzustellen. In Größe und Gewicht genormt und gleich mit den entsprechenden Ösen und Haken versehen, wären sie leicht zu einer riesigen schwimmenden Insel zu verbinden. Durch regelmäße Lagunen, wie Löcher im Schweizer Käse, könnte die Ausdehnung der Fläche zusätzlich rasch wachsen. Schließlich würde das Plastik im Meer gesammelt und vor Ort zur Herstellung von Pontons dienen.

Aber er sah schon ein: es musste Geld her. Vielleicht hatten die achtzig Reichsten auf Erden Lust, eine ihrer Milliarden in das verrückteste Projekt auf Erden zu stecken, ohne Gegenleistung und Ansprüche, einfach so. Er hielt das für möglich. Natürlich würden sie in der Geschichtsschreibung von *Pacifis* namentlich erwähnt, aber das musste auch genügen.

Leo war von seiner Vorausschau wie geblendet. Alles war so logisch, so machbar, auch wenn sich seine Gedanken überschlugen. Brüsk stand er auf, getrieben von einem plötzlichen Bewegungsdrang und griff sich seinen Cocktail vom Tisch.

„I have a look from the terrace. I need some fresh air. You wanna come?"

Dann lehnten sie schweigend an der Brüstung und jeder fühlte seinen eigenen Schwindel: vom Blick in die Tiefe, die Weite oder in die Zukunft.

VI

Werners Nachname war eigentlich Reinhart, doch er nannte sich von der Gruen. Er hatte den bekannten Maler Johann Christian Reinhart zum Vorfahren, der im 19. Jahrhundert Kunstgeschichte mit einer deutschen Künstlerkolonie in Rom geschrieben hatte und von dem es ein Aquarell der Burg Hofeck gab, die noch heute, den Blicken verborgen im gleichnamigen Ortsteil von Hof steht. Dieses Bild sowie eine alte Familienmär, nach der Johann Christian Reinharts Großvater der uneheliche Sohn des Hans Albrecht von der Grün war, der die Burg Hofeck bis 1560 besaß, brachte Werner auf die Idee mit dem Namenswechsel. Nicht ganz unerheblich war auch der Schlusssatz des Berichts vom Familientag der von der Grüns anno 1997: „Fors non mutat genus - das Schicksal ändert nicht die Herkunft."

‚Könnt ihr haben', hatte er sich gedacht und nannte sich fortan „von der Gruen" (mit „ue", weil´s besser aussah), da er sich einerseits als Umweltaktivist verstand und andererseits hoffte, sich mit dem Künstlernamen besser verkaufen zu können.

Werner war 46, geschieden, kinderlos und Werbefachmann. Schon in der Schulzeit hatte sich sein Talent für Malerei und Grafik durch Plakate für lokale Feste, Bands und kleine Firmen gezeigt, vielleicht ein Erbe von der Malerberühmtheit in der Familie. So war er ganz selbstverständlich in diesen Beruf hineingerutscht.

Von schlanker Statur, trug er immer einen grauen Anzug mit T-shirt in den Anlässen angepasster Farbe und schwarze Stiefeletten, achtete auf den Sitz seiner noch recht vollen, halblangen, renaturierten Haarpracht, wie er das Tönen nannte und hatte meist einen offenen, jedoch ernsten Gesichtsausdruck. Das Berufsleben hatte ihn von hier nach dort geschickt, seine Ehe zerbrochen und ihm bislang den monetären Erfolg versagt, der eine Eigentumswohnung finanziert hätte. Dabei sah er sich im Vollbesitz aller Fähigkeiten, die einen hervorragenden Werbefachmann ausmachten, nur hatte ihm bislang das Projekt gefehlt, um dies zu beweisen. Davon war er überzeugt. Der unbefriedigende Kleinkram seiner bisherigen Arbeit und der fehlende Weitblick seiner knickrigen Auftraggeber mit ihren übervorsichtigen Budgetbeschneidungen hing ihm so sehr zum Halse heraus, dass er sich allen Ernstes überlegte, die ganze „scheiß Werbebranche", wie er sich ausdrückte, zu vergessen und einfach abzuhauen. Er hatte zwar noch ein PR-Projekt für die Rauchbierspezialitäten einer Bambergschen Privatbrauerei laufen, ertrug es aber nun, nach fast zwei Monaten Stillstand, nicht mehr, noch länger auf die Umsetzung des Konzepts zu warten. Sie konnten ihn mal.

Nach Asien, hatte er sich gedacht, das Ersparte von der Bank geholt, seine Wohnungsschlüssel einer Bekannten gegeben und war dann wirklich abgehauen.

Werner saß eine halbe Stunde nach dem Check-in im Radisson an der Bar des Mezetto und schaute den drei Gestalten hinterher, die gerade ihre Sitzecke verlassen hatten und auf die Dachterrasse traten. Er hatte ihre gedämpfte Unterhaltung in seinem Rücken wahrgenommen, aber wenig von ihrem vernuschelten Englisch verstanden. Jetzt ging es dem einen aber um Aussicht und frische Luft. Das hatte Werner deutlich gehört.

Vom Jetlag ein wenig dumpf im Kopf, rutschte er vom Barhocker in den Stand, nahm seinen Cuba Libre und ging gemächlichen Schritts auf die Terrasse, sich selbst im Unklaren darüber, ob wegen des Trios oder der Aussicht. Er stellte sich in kurzem Abstand von ihnen links an die Balustrade und schaute am Gebäude hinab. Nach fünf

Sekunden drehte er sich in dem Moment nach rechts, als sich ihm zwei Gesichter zuwandten.

„Hallo." Er lächelte und hob die Hand.

„Hallo", antworteten Chris und Leo unisono hörbar deutsch.

„Tolle Aussicht!"

„Yep", gab Leo einsilbig aber freundlich zurück.

„Urlaub?" Werner vermied das Sie. Die Beiden sahen nach Duzen aus.

„Auch", antwortete Chris, die ihm am nächsten stand.

„Ach, Arbeit?"

„Vielleicht", sagte Leo Schulter zuckend und blickte wieder geradeaus.

„Entschuldigung. Bin immer zu neugierig." Werner machte die drei Schritte auf Chris zu, die sie trennten und streckte ihr freundlich die Hand entgegen

„Werner. Darf ich euch zu einem Drink einladen?"

VII

Werner, angetippt, was er denn so treibe, hatte sich rasch geöffnet und gleich, obwohl er nichts über seine neue Bekanntschaft wusste, eine Kurzbiographie und seinen aktuellen Herzenswunsch nach einer sinnvollen, erfüllenden Aufgabe in gutem Englisch - Jees wegen - auf dem Cocktailtisch in der Bar des Mezettos ausgebreitet. Einen Schlussstrich hätte er gezogen und suche jetzt ein Projekt mit Größe, in das er sein Wissen über PR und Werbung umfassend einbringen konnte. Das Kleinkleingewerkel seines bisherigen Arbeitslebens, das Werner mit „step by step bumbling" übersetzte, hinge ihm dermaßen zum Hals heraus, dass er bereit sei, alles auf eine Karte zu setzen, „um mit den alten Strukturen zu brechen", wie er sich ausdrückte. Neu, groß und am besten umweltfreundlich sollte es sein, ein Projekt mit und für die Zukunft, etwas wirklich Sinnvolles. Sichtlich erregt, hatte er schließlich mit erhobenen Armen seine kleine Lebensbeichte beendet, die Reisende in der Fremde - wie übrigens auch beim Trampen - völlig Unbekannten gegenüber meist bereitwillig ablegen. Vielleicht steckt dahinter die Hoffnung, mit der Offenlegung der eigenen Lebenslage leichter angenommen zu werden. „Sieh, so bin ich, du kannst mich mögen", und sicher traf das auch bei Werner zu. Aber die Stille in der Runde, sowie die Blicke, die sich die anderen am Tisch nun zuwarfen, waren für ihn so ernüchternd, dass er sich sofort mit verlegenem Lächeln entschuldigte.

„Oh, sorry, I didn't want ... I mean, I talk too much, I know. Sorry." ‚Mensch, hast dich hier besoffen geredet. Sag mal', wisperte es verschämt in ihm. Doch dann schauten ihn alle drei freundlich an und Leo räusperte sich.

„Nono. No excuses. Maybe you took the right plane. Maybe. Now here´s something, I want to tell you." Irgendetwas an Werner hatte Leos Vertrauen geweckt. Und so erfuhr er alles, was es bislang zum Projekt *Pacifis* zu sagen gab.

„Okay – versteh´." Nachdenklich fiel Werner, nachdem Leo zum Schluss gekommen war, ins Deutsche. „Das würde aber auch bedeuten, den ganzen Plastikdreck ins Meer zu kippen, wo doch gerade von aller Welt das Gegenteil versucht wird. Oder?" Er lehnte sich zurück und schaute in die Runde. „Schwierig, schwierig."

„What did he say?" Jee wandte sich an Chris.

„Everybody wants to clean the ocean, and we plan to do the opposite. That´s strange to him, he said."

„Sure, that´s a problem, but it´s happening anyway!" Jee zeigte in Hände-halbhoch-Haltung die Handflächen und wechselte den Blick mehrmals zwischen Leo und Werner.

Mitten in die Stille hinein, die seinem ein wenig lauten Einwand folgte, meldete sich sein Handy mit filmamerikanischem Pingeling. Er stand auf, holte es aus der Hosentasche, sah aufs Display, drückte den Callbutton und entfernte sich ein paar Schritte von der Sitzgruppe. Er sprach leise, stand leicht vorgebeugt und nickte mehrmals mit dem Kopf. Die anderen schauten ihm hinterher.

„Da hat er recht!", sagte Werner, „Ist ein Argument. Wahrscheinlich kriegt man den Dreck gar nicht so schnell aus dem Wasser, wie er reinkommt. Dann kann man ihn auch gleich drin lassen und da dann das Problem lösen, oder?"

„Genau." Leo stach schwungvoll mit dem Zeigefinger Richtung Werners Brust und lehnte sich zurück. „So seh´ ich das auch!"

Jee kam zum Tisch zurück. „My uncle. I have to go. So… "

„Okay, give me a call tomorrow. Maybe you can even talk to Mr. Marak about the ships. I mean, delicately." Leo war aufgestanden und gab Jee die Hand.

„I´ll see. I don't know, what he wants from me. Something of importance, he said." Er reichte Chris und Werner die Hand. „I´ll contact you tomorrow." Dann verschwand er, sichtlich in Eile.

„Okay", Werner nickte, „eigentlich eine großartige Idee, eigenes Land mit eigenen Gesetzen, fern vom möglichen dritten Weltkrieg, sicher auf der südlichen Halbkugel gelegen, weit weg von der drohenden Eruption des Yellowstone und ein Ausweg für die Menschen. Meerbesiedlung versus Marsbesiedlung wäre ein Motto. Kriegt man sicher noch griffiger hin. Und ran an die Superreichen mit ´ner geilen Werbestrategie. Da kann was laufen. Als Notre-Dame 2019 runterbrannte, dauerte es 24 Stunden und eine Milliarde war gespendet. Wenn man den richtigen Hype mit der richtigen Emotion bei den Geldbergbewohnern auslösen kann, dann schmeißen sie ohne mit der Wimper zu zucken, schon, um dazu zu gehören ihre

Milliarde in den *Pacifis*-Topf. Die warten doch nur auf so ein Megaprojekt, praktisch als Megaablass für ihren Megareichtum, oder weil sie es einfach für eine wahnsinnig gute Idee halten. Müssten natürlich vorher noch ein paar technische und logistische Probleme gelöst werden. Geht nicht ohne Experten. Aber die gibt´s schon. Man muss nur an sie rankommen." Werner hatte Feuer gefangen.

VIII

Thermolyse war der einzige Inhalt einer SMS von Harald aus dem „Knuts", das soeben geöffnet hatte, die Leo mit einem kurzen Signalton im Halbschlaf erreichte.

Chris hatte sich bereits in ihr eigenes Bett verfügt. Zwanglos und doch mit der Regelmäßigkeit eines Nachtgebets, gehörte mehr oder weniger Sex vor dem Einschlafen zu ihrem gemeinsamen Tagesablauf und sie fuhren gut damit. Es harmonisierte ihre Reise mit Nachsicht und verschaffte beiden guten Schlaf, den Chris sich auch durch kein Handy nehmen ließ. Sie überschlief die Töne ohne Regung, wie Leo jetzt bemerkte.

Im Halbdunkel des Nachthimmels, der durch das Panoramafenster den Raum erhellte, schaute er auf seinem griffbereiten Handy nach und war doch sehr erstaunt. Ausgerechnet Harald, der so gut, wie nie Kontakt aufnahm, meldete sich. *Thermolyse*.

‚Okay, mal sehen. Gehört hast du auch schon davon …‘, dachte er, legte das Handy zurück auf den Nachttisch und rollte sich auf seine rechte Einschlafseite.

Als Chris am nächsten Morgen aus dem Badezimmer kam, hatte er im Internet nachgeschaut und Haralds Tipp verstanden. Beim Frühstücksbuffet sprachen sie darüber. Mit Thermolyse konnte aus Plastik relativ umweltschonend Treibstoff gewonnen werden, Diesel und Benzin. Eine deutsche Firma war da wohl ganz vorne dabei. Dieser Produktionsprozess, so stellte sich Leo das vor, war sicher auch an unterschiedlichen Stellen zu unterbrechen, wodurch eine Verdichtung des Plastiks in schwimmfähiger Form möglich sein musste. Ein Thermolysewerk auf See in einem Riesentanker installiert, wäre ein weiterer Baustein, der *Pacifis* wachsen lassen und mit wasserunlöslichem Teer stabilisieren würde. Die Zeit war reif für den Expertenstab. Werner musste ran. Er sollte in der Lage sein, so hoffte Leo, Medien und Markt werbewirksam anzusprechen.

Chris hatte, von Leos aufgeregter Zuversicht ganz angetan, zufrieden ihr Brötchen gebuttert und ihn nicht unterbrochen. Jetzt griff sie nach seiner Linken und lächelte ihn an.

„Es wird, Leo, es wird. Super!" Sie drückte seine Hand und nahm dann ihre Kaffeetasse.

„Ich glaub's auch. Das wird. Mal sehen, wie´s mit Jee und Werner läuft. Sobald wir hier ein bisschen weitergekommen sind, müssen wir wahrscheinlich zurück, oder dahin, wo die Experten sind. Vielleicht doch in die Staaten. Oder? Is´ ja eigentlich mein Heimatland. Hättest du Lust, mitzukommen?"

„Logo, gerne. War noch nie da gewesen."

„Okay, fände ich klasse. Mal hören, was Werner sagt, ob er seine Kampagne auch in den Staaten starten kann."

„Warum denn nicht? Außerdem gibt's da ja auch Werbefachleute, mit denen er kooperieren kann. Er macht dann hauptsächlich das Europageschäft. Willst du noch?" Chris hatte die Kaffeekanne angehoben.

„Gerne."

Und dann berichtete Leo von den USA, ein wenig stolz auf all die Innovation, die sich von dort in der Welt verbreitet hatte, wie Menschenrechte, Demokratie, Frauenbewegung, Umweltbewusstsein, Körperkultur, Healthfood und Blues, alles, was man vor dem Hintergrund von Einfalt und Oberflächlichkeit, die man der amerikanischen Gesellschaft gerne nachsagt, vergisst.

IX

Gordon Horsford saß am Schreibtisch in der San Nicholas Avenue auf der Mesa von Santa Barbara, California in der Nähe des Shoreline Parcs und legte die Zeitung beiseite. Er war gerade fünfundvierzig geworden, hatte immer noch seinen Beachboybody und blonde, halblange Haare. Seine Jeans waren ebenso antik, wie sein UCSB T-shirt und seine speckigen Büffelledermokassins, die er stets ohne Socken trug, aber jeden Monat mit neuen Deoeinlagen bestückte. Als freischaffender Chemiker, unverheiratet und über Ecken mit Eben Norton Horsford verwandt, Harvardprofessor für Chemie und Erfinder des Backpulvers, lebte er recht bescheiden in seinem ein wenig heruntergekommenen Holzhaus und hangelte sich von Job zu Job so durch: Vorträge über chemische Innovationen, Analysen von Wasser, Böden und Nahrungsmittel, Korrekturen der Hausarbeiten von Chemiestudenten und Hiwijobs an der nahe gelegenen Universität von Santa Barbara, wo immer es ging. Er war kompetent, aber eigensinnig, kein guter Teamplayer, eher Boss. Dieser Wesenszug hatte ihn stets von Festeinstellungen nach der Probezeit getrennt, und mittlerweile hatte er seinen Ruf weg.

Auf den Anzeigeseiten der „Santa Barbara Independent" war ihm ein Inserat mit der Überschrift *Break up - and away* ins Auge gefallen, das er, nach kurzer Bedenkzeit, mit einem Rotstift umrundete. Dieser pathetische Ruf nach Auf- und Ausbruch gefiel ihm durchaus und entsprach auch immer noch dem Lebensgefühl, das er über die Jahre konserviert hatte. Angefragt wurden rasch verfügbare internationale Wissenschaftler aller Fachrichtungen, wie Chemiker, Biologen, Architekten, Ingenieure, auch Juristen für ein zukunftsweisendes, der Öffentlichkeit bislang nicht zugängliches Projekt im aquatisch-marinen Aufgabenfeld, das nach den zwei Besten ihres Faches sucht. Akademische Leichtfüße und Aufschneider sollten Abstand nehmen. Bewerbungen im üblichen Umfang, die die Qualifikation belegen, bitte an FIP, Postfach, Main Post Office, 7101 S Central Ave, L.A. Eine erste Zusammenkunft der am Projekt Beteiligten sei in zwei Monaten (also Oktober) auf Key West, Florida geplant. *Fortune favours the brave* - Dem Mutigen gehört die Welt.

Gordon hatte über die Anzeige zunächst gelacht und dann doch nachgedacht. Wer so dick auftrug, war entweder verrückt oder genial. Ging es um die Floridakeys, oder steckte noch mehr dahinter? Hatte FIP was mit VIP zu tun, oder ergab sich die Assoziation nur zufällig? Die Abkürzung für Fehlersuchanleitung oder eine Katzenkrankheit konnte ja wohl nicht gemeint sein. Auch fühlte er sich persönlich angesprochen. Die suchten Leute wie ihn. Und dann Key West - er war schon ewig nicht mehr dort gewesen. Sicher gab es Spesen. So bückte er sich mit einem Stöhner, holte seine erst neulich aktualisierte Bewerbungsmappe aus der untersten Schublade hervor und warf sie vor sich auf den Tisch. Nachfragen kostet nix, außer Porto. Und das hatte er noch. Dann fiel sein Blick auf die antike Adressenrollkartei in der rechten Schreibtischecke.

Ein Projekt mit den richtigen Leuten. Das wär's doch, dachte er und griff nach dem Zettelgestell. Es war eh an der Zeit, sich mal wieder bei dem einen oder anderen zu melden. Wer weiß, was sie trieben und vielleicht hatten sie Zeit, zu neuen Ufern aufzubrechen.

X

Jee hatte zurückbleiben müssen. Er war, für ihn selbst recht überraschend, mit mehr Verantwortung auf die Führungsebene seines Onkels Unternehmen gehoben worden. Der Wink des Schicksals ließ grüßen, denn die Endverwertung der Dampfer fiel nun in seinen direktiven Arbeitsbereich mit weitgehend freier Hand. Er war Verantwortlicher. Als Leo, Chris und Werner am nächsten Tag davon erfuhren, brach, nach einer kurzen Totenstille des Erstaunens, der Jubel los. Es war der erste Moment des Triumpfs, getragen von der beseelenden Gewissheit, die Lok auf dem richtigen Gleis unter Dampf gesetzt zu haben. Jetzt galt es, den Kessel weiter anzuheizen, und sie umarmten sich im Freundschaftskreis in ausgelassener Freude, wie eine Handballmannschaft nach dem Sieg. Ein erster Pflock war in den Ölschlammstrand von Chittagong geschlagen, an dem sie ihr Projekt vertäuen konnten. Und mit dieser Sicherung im Rücken, ließen Leo, Chris und Werner Jee im festen Glauben an den Erfolg ihrer Idee in Bangladesch zurück, um über Dhaka, der Visa wegen und Hawaii, Chris hatte sich das ausbedungen, LA anzufliegen. Leo, durch sein Erbe in der Lage, lud beide ein. Sie hatten sich dafür entschieden, in den Staaten die Crew zu suchen, die es brauchen würde, um voranzukommen. Der Pool der Mutigen unter den Experten in einem streng kapitalistischen Arbeitsmarkt musste größer sein, als in good old Germany, schon weil es dort mehr Menschen gab und Pionier- und Freigeist amerikanische Tugenden sind, auf die man immer zählen konnte. „It´s a free country. Give it a go!", ist das Credo, an das noch viele glauben. Und der Glaube zählt.

Werners Vorschlag, die Anzeigenaktion zunächst auf Zeitungen größerer Orte zwischen San Francisco und San Diego zu begrenzen, war zügig am Tag nach ihrer Ankunft im Bayside Hotel, Santa Monica umgesetzt worden. Jede zweite Ausgabe von sieben Tagesblättern der Westküste für eine Woche, hatte sich Werner gedacht. Danach, bei ausbleibender Reaktion auf die Annoncen, sollte auch die Presse der Ost- und Südküste der USA einbezogen werden.

In den folgenden fünf Tagen blieb ihr Postfach leer. Sie vertrieben sich die Zeit mit Ausflügen nach Hollywood, zum Port of Long Beach, schmissen sich am Monica Pier in die Wellen und saßen zusammen bis in die Nacht bei Bier und Cocktails an der Hotelbar am Strand. Das Projekt war tabu. Es mit Abstand von der Seite zu betrachten, jeder für sich und ohne Rückmeldung, war die Absicht. Musik, Film, Stars und Geschichte waren die Themen ihrer Unterhaltung. Werner kannte tausend Anekdoten. Chris fiel es am leichtesten, den Zweck ihrer Reise auszublenden. Sie erfreute sich an den Eindrücken aus erster Hand über ein Land, von dem sie viel weniger wusste, als gedacht und probierte sich mit Leidenschaft durch die Cocktailkarte, um ihren Favoriten zu ermitteln. Leo und Werner hatten mehr Probleme mit dem Tabu, bekamen Zweifel, ob das bloße Warten auf eine Antwort sinnvoll war, befürchteten, Zeit und Geld zu verschwenden und waren kurz davor, den Schwur zu brechen, als ihnen am sechsten Tag ein dickes Couvert im Main Post Office ausgehändigt wurde. Der Absender fehlte.

Sie entschlossen sich, es spannend zu machen, ihren Leihlexus, wie für den Tag geplant, zunächst nach Norden Richtung Santa Barbara zu lenken, um dem Moloch LA zu entkommen und erst in Malibu Beach bei einem Bier den Brief zu öffnen. Chris, als Two-and-a-Half-Men-Fan, bat darum und die Jungs stimmten natürlich zu. Im Paradise Cove Beach Café, warteten sie, bis ihre Bestellung auf dem Tischchen stand, stießen an und Chris öffnete den Umschlag und begann zu lesen.

49

„Nee!" Leo griff nach dem Brief und Chris zog ihn weg, um ihn dann gleich dem Ungeduldigen unter die neugierige Nase zu halten.

„Hier steht´s, Santa Barbara, San Nicholas Avenue 17A." Leo las den tanzenden Briefkopf.

„Das gibt´s doch nicht", fiel Werner mit verkiekstem Falsett ein, „Leute, ist das noch Zufall, oder sind wir hier tatsächlich auf dem Schicksalstrip? Ich glaub´s nich´. Was schreibt er denn?"

„ Nich´ viel. Reading your ad, I´m interested in further information. Please, check my personal data sheet, and if it suits your needs, please contact me. Address and phone number above. Sincerely yours, Gordon Horsford. Und hier. Langer Lebenslauf."

„Zack, fahr´n we´ hin." Leo hob sein Bierglas und sie ließen es klirren. Kurze Zeit später saßen sie wieder äußerst gut gelaunt im Lexus. Nach knapp hundert Minuten bogen sie vom Highway 101 nach Santa Barbara ab, fuhren über die Castillo Street bis zum Shoreline Drive und rechts ab mit Meerblick bis zur San Nicholas Avenue, einer Palmen- und Platanenallee.

Nummer 17A war eines der typischen, eingeschossigen amerikanischen Holzhäuschen, wie sie die gesamte Straße säumten, das, in den vergangenen fünfzehn Jahren ergraut, den blassgrünen Anstrich verloren hatte. Nach dem dritten Klingeln gaben sie auf und setzten sich zurück in den Lexus. Die Telefonnummer war der Festnetzanschluss. Die cell-phone-number hatte Gordon Horsford zurück- gehalten. Sie der Öffentlichkeit preiszugeben, war ihm, wie immer noch vielen Amerikanern, wohl zu weit gegangen. Man bekam sie meistens nur persönlich.

Die Euphorie der letzten zwei Stunden wich nun einer gewissen Ratlosigkeit. Warten oder wegfahren und wieder- kommen? Sie entschlossen sich, den Wagen stehen zu lassen und die paar Schritte runter zum Shoreline Park zu laufen.

Immerhin erwartete sie dort eine Bank zwischen zwei Palmen mit Blick aufs Meer. Chris und Werner waren sich schnell in ihrem Zweifel am Erfolg dieser Mission einig. Das heruntergekommene Holzhäuschen! Was für einer konnte da schon wohnen, trotz seines lesenswerten Lebenslaufs? Leo winkte ab. Das müsse nichts heißen, meinte er. Redwood würde auch ohne Anstrich ewig halten. Mammutbaum.

Nach zwanzig Minuten gedrückter Stimmung, in der er den beiden Enttäuschten alles erzählte, was ihm zu Santa Barbara einfiel, entschloss er sich, nachzuschauen, ob Gordon zurück war und stand federnd auf.

„Vielleicht machen wir später 'n bisschen Sight-seeing, okay?" Die beiden nickten schweigend. „Was meint ihr, ob er jetzt zurück ist?"

„Möglich", sagte Werner und beugte sich vor, um auf die Beine zu kommen. „Meinetwegen können wir ..."

„Nee, bleib sitzen", unterbrach ihn Leo. „Ihr braucht nicht mitzukommen. Ist vielleicht sogar besser, irgendwie weniger aufdringlich, wenn wir da nicht mit der ganzen Korona auftauchen, oder?" Der Zweifel am Erfolg ihrer Mission war seinen Gefährten dermaßen ins Gesicht geschrieben, dass es ihm unmöglich schien, mit ihnen das lockere, gelöste, amerikanische Kennenlernen so durchzuziehen, wie es sich hier gehörte. Aber das verschwieg er ihnen natürlich.

„Ja, mach mal, oder? Werner, was sagste?", fragte Chris. Werner hob die Unterarme, sich ergebend.

„Nee, nee, alles okay. Mach ma' Leo. Vielleicht ist er ja wirklich schon zurück!" Er lächelte müde von unten herauf.

„Sollte es länger dauern, kommt ihr nach. Aber lasst mir zehn Minuten, okay?"

„Si claro", sagte Chris und: „Okidoki", Werner und schon war Leo verschwunden. Gelöst ging er den Weg zurück zu Nummer 17A, erleichtert, das manchmal ein wenig beklemmende Deutschtum abgeschüttelt zu haben. Er mochte etliche Deutsche, aber sie hatten trotz allem da etwas an sich … naja.

Und dann blieb Leo doch tatsächlich weg und bei Werner und Chris stiegen vorsichtig wieder Spannung und Laune. Hoffentlich war er nicht einfach in die Stadt gegangen.

XI

Werner hatte Leo nach einer Viertelstunde ein Fragezeichen geschickt, der wiederum nach drei Minuten zurückrief und ihnen sagte, dass sie nachkommen sollten. Nun hatten sich die drei, mit Chris in der Mitte bequem in Gordon Horsfords alter, braunschwarzer Büffelledercouch zurückgelehnt, balancierten eine Bierdose auf den Knien und hörten ihrem Gastgeber zu, der gelassen hinter seinem Schreibtisch saß. Es war interessant, wie alles aus anderem Munde klang.

Gordon hatte mit dem Positiven über das Floating Island Projekt begonnen. Jetzt wusste er, was FIP hieß, und zitierte das Wichtige, von dem er das meiste behalten hatte, angefangen mit der Grundidee von Freiheit und Abkehr von staatlicher Bevormundung bis zu ihrem ersten Teilerfolg in Bangladesch. Doch dann fragte er, und begann mit einem gedehnten *but*, wie sie sich ein Leben auf so einer toxischen Plastikwüste mit einem Rahmen aus Schrott vorstellen würden, die die Beweglichkeit von Götterspeise mit der Tendenz zum Auseinanderfallen hätte und mehr einer Müllhalde in einer Salzwüste, als einer Trauminsel in der Südsee glich. Wer zum Teufel, glaubten sie, würde sich auf so ein Leben einlassen und dafür Geld und Arbeit investieren? Die Vorstellung sei schon sehr extrem und alles andere, als reizvoll. Da brauchte es verdammt viel Kompetenz und Idealismus, die man heutzutage, zudem gepaart, nur noch sehr selten fände, schloss er und schwieg.

„You´re right. There are big problems to solve and finding the appropriate people could be the biggest." Leo beugte sich vor und nahm die Bierdose in beide Hände. Dann sagte auch er nichts mehr.

Nach zähen zehn Sekunden, in denen ein nachdenklich blickender Gordon die drei fixierte, stand Leo auf.

„Well, Gordon thank you anyway, for answering the ad. Your objections are legitimate and may even help us. Sorry, we bothered you with our idea. Now … ", er schaute Chris und Werner an, die sich gleich, die Bierdosen in der freien Hand jonglierend, aus dem tiefen Kanapee hochdrückten. „I think, we better … "

„Nonono, please wait." Nun erhob sich auch Gordon und er war groß, sicher über eins neunzig und lächelte.

„You three are crazy, but I love you already and the idea is so fantastic in many meanings, that I would like to transport it." Er kam hinter dem Schreibtisch hervor. „I contacted some colleges and friends, before answering your ad, just to see, if there are some good professionals available to team up with anyway. Well, I didn´t know then, what this would be all about, but give me two weeks. There are some I would like to tackle with this project. And maybe something´s happening. Did you get any other reaction to your ad yet?"

„No, only yours." Leo, wie auch Werner und Chris, war die freudige Überraschung über Gordons unerwarteten Zuspruch nach seinem vernichtenden Statement deutlich ins Gesicht geschrieben.

„Okay. Now, my friends, how´s about some pizza and there´s a rockband in a bar I want to go to later. So if you´re into it, lets go together. What ye think?"

„Was denkt ihr?", wandte sich Leo an seine Gefährten und fiel ins Deutsche.

„With pleasure!", antwortete Chris Gordon begeistert und lächelte so bezaubernd, wie sie konnte, denn dieser Mann hatte was.

Als Leo und Werner gegen zehn in heller Sternennacht den Rückweg nach LA antraten, blieb Chris zurück, nicht ohne vorher nachgefragt zu haben, ob das für beide so in Ordnung ginge.

„Klar, logo", hatten sie locker zugestimmt, der eine mehr, der andere weniger überzeugend, Gordons Hand und die ganze Chris gedrückt und sich davon gemacht. Es hatte sich schon abgezeichnet.

Im Auto waren sie dann übereingekommen, dass es sicher von Vorteil war, mit Chris einen Fuß bei Gordon in der Tür zu haben, oder besser gleich eine Muschi im Haus, wie Werner das erste Bild machoflachsend korrigierte. Leo schluckte das, fand´s aber von Werner nicht korrekt, denn mittlerweile war er von Chris schon ein wenig angetan. Doch alles war vergessen, als sie gegen Mitternacht in der Baysidebar auf zwei lustig beschwipste Australierinnen stießen, die ihnen ihre letzte Nacht in LA schenkten, bevor sie am nächsten Tag den Greyhound nach Las Vegas nahmen, two buoyant and joyful aussiegirls from Perth.

XII

Es gab eine Bohrinsel auf dem Abwrackmarkt. Jees Onkel hatte den Makler an ihn weitergereicht. Die Sache war schwierig und von Mr. Marak seinem Neffen nur zur abschlägigen Bearbeitung übergeben worden, auch wenn er sich Jee gegenüber nicht eindeutig geäußert hatte. Die Plattform lag in der Arabischen See, gehörte einem indischen Konsortium und musste abgeschleppt werden. Der Preis war noch nicht verhandelt und auch das stellte eine zusätzliche Komplikation dar. Indische Konsorten waren meist schon untereinander uneins. Aber Jee wusste, dass das auch ein Vorteil sein konnte, wenn man es richtig anstellte. Zudem nahm gerade das Angebot an ausgedienten Bohrinseln weltweit wegen der anlaufenden Umstellung auf alternative Energiegewinnung enorm zu und sie wollten ihre loswerden.

,Man könnte zunächst den baldigen Abtransport garantieren und dann weiterverhandeln', dachte sich Jee, wollte aber erstmal Leo kontaktieren. ,Warum nicht ins Zentrum des Plastikwirbels eine Hochseeplattform setzen und von ihr ausstrahlend expandieren? Zudem war es eine kreisförmige, auf sechs Säulen stehende Halbtauchbohrinsel, mit GPS-basierten, schwenkbaren Strahlrudern erst kürzlich nachgerüstet, die über großen Tiefen an Ort und Stelle gehalten werden konnte. Es gab Unterkünfte und einen Helilandeplatz. Sie war für das Projekt wie gemacht.'

Jee erreichte Leo, als dieser gerade mit Werner die Greyhoundstation verließ, in der sie die Klassegirls aus Perth in den Bus verfrachtet hatten. Die Idee war super. Leo sprang sofort darauf an. Unbedingt dranbleiben, war sein begeisterter Kommentar und dann erzählte er Jee von dem gestrigen Treffen in Santa Barbara. Vielleicht würden sie vor dem nächsten großen Schritt stehen und ein Expertenteam für die Realisierung von *Pacifis* - ,Oder *Pacifia*? Klingt vielleicht besser', dachte Leo – zusammenstellen zu können.

„We get along, we get along", gratulierten sie sich mit drängender Freude. Vielleicht ließe sich ja die Plattform schon bald in die Mitte des „Neulands" schleppen, das sie mehr denn je unter allen Umständen betreten wollten. Dann legten sie auf und Leo wählte Gordons Nummer an, um mal zu hören, wie's so lief - was gelaufen war, konnte er sich denken - und von der neuen Idee mit der Plattform zu berichten.

Drittes Kapitel

I

Ein halbes Jahr war wie im Flug vergangen.

Alles lief auf vollen Touren.

Werners Werbung hatte überraschende Aufmerksamkeit und schnellen, finanziellen Erfolg gebracht. In kürzester Zeit kam viel Geld zusammen, Mist vom Kleinvieh und dicke Haufen von den großen Tieren.

Er war als Neuberliner zu neuer, kreativer, lange verschütteter Stärke erwacht. Die Kontakte und Möglichkeiten der Metropole hatten ihn elektrisiert. Seine geniale NONSTOP-Kampagne kam besonders bei den Kids der Superreichen an. Sie fanden es très chic, dafür zu sein und allem bisher Dagewesenen die Stirn zu bieten, wie die von ihnen ein wenig bewunderte Greta Thunberg mit ihrer „Fridays for Future" Bewegung. Allerdings bauten sie, die Sprösslinge von der Sonnenseite, auf die Macht des Geldes und waren sich sicher, dass es jegliche Protestaktion in den Schatten stellen und sofort zu Resultaten führen würde. Amüsiert und stolz auf die Erkenntnis ihrer Erben hatten die „Alten" in die Tasche griffen und sich nicht lumpen lassen. Wer wusste schon, wofür es gut war, den Neuerungen nah zu sein?

Aber auch die breite Masse war begeistert und zahlte ein und wenn die Adresse stimmte, gab´s Button und Sticker in retour. Bald sah man sie weltweit auf Textilien, Autos, an Wänden und auf nackter Haut.

„NowOrNeverSearchTerrafirmaOnPACIFIS", „Jetzt-oder-nie,-sucht-das-rettende-Ufer-auf-PACIFIS", war der sperrige Untertitel von NONSTOP, erklärte aber gleich, worum es ging. Eine Rockband, die so klang wie die sich extrem ähnelnden BeatSteaks aus Berlin und Gluecifer aus Oslo, hatte Elvis Version von Eduardo Di Copuas „O sole mio", das schnulzige „It´s now or never" mitreißend beschleunigt und passend umgetextet. Der dazu produzierte Clip von Studenten der Kunsthochschule Weißensee war eine geniale Szenenkollage von Untergang und Auferstehung. Prominente und Nobodys hielten im überlangen Fadeout den Daumen hoch und nickten überzeugend voll Begeisterung und Zuspruch in die Kamera. Macht alle mit, join us, it´s now or never. Der Clip, einmal im Netz, ging um die Welt.

So waren bald fünfzehn Milliarden Dollar zusammen gekommen. Schon das war Wahnsinn und sie begannen, größere Summen auszugeben. Aber die Lage war prekär geworden, auch für die neuen Helden. Man begann sie anzurempeln. Denn mit der Welle überschwänglicher Begeisterung war auch eine von wilder Ablehnung um die Welt gerollt und hatten fast jeden auf diese oder eben jene Art mitgerissen, selbst die Randgrüppler.

Religionsfanatiker sahen sich plötzlich ihrer Domäne beraubt, hielten diese moderne Arche Noah für freche Häresie, guckten zunächst blöd aus der manchmal verminten Wäsche und gingen dann auf der einen oder anderen Seite in Stellung. Exzentriker verloren die Freude an ihrer Exzentrik, pellten sich aus ihren Kindheitstraumata und wuchsen zu aktiven Kämpfern für das jeweils Gute heran. Einige Armageddonanhänger fielen erlöst vom Glauben ab und wurden Zukunftsfans, während die Traditionsfatalisten trompeteten, sie hätten es ja immer schon gewusst: „Die Menschen tüten sich ein, um zu ersticken, so oder so". Daran, dass etwas zu verändern wäre, glauben Fatalisten eben nicht.

Die Lager waren tief gespalten. Es hatte den Anschein, dass man verprügelt werden konnte, wenn man unter den jeweiligen Umständen in der Minderheit und auf der falschen Seite war. Dem Bejubeln eines Neuanfangs wurde die Angst vor dem Untergang entgegengestellt. „Bringt die Selbstmörder zum Schweigen", hatten sich beide Lager mit ihrer eigenen Argumentation auf die Fahnen geschrieben.

Die Unterstützer sahen in PACIFIS, wie das Projekt jetzt offiziell hieß, ein Symbol für den Ausstieg aus dem selbstzerstörerischen Konsumwahnsinn und der damit einhergehenden tödlichen Vergiftung der Erde. Sie glaubten an einen Heilungsprozess, der von dem Vorbild des Projekts ausgehen und so die Welt verändern würde. Die Gegner beschworen ein globales Umkippen der Meere und damit ein Ende der Menschheit, besonders, wenn PACIFIS in den verbleibenden vier Wirbeln Schule machen würde.

Aber gerade diese gefährliche Polarisierung, mit deren Heftigkeit keiner gerechnet hatte, war die Triebfeder für ein globales, politisches und finanzielles Engagement großer Bevölkerungsteile, die einfach wissen wollten, was daraus werden kann.

Der Vorschlag von Leo und Gordon für Bauphase I war, Tanker- und Containerriesen konzentrisch im größeren Abstand um die zentrale Bohrplattform anzuordnen, zu verbinden und dann den Zwischenraum mit Plastikpontons zu füllen.

Mit ihm wurde das Konzil der Fachleute, das Gordon zusammengestellt hatte, konfrontiert. Es war exzellent besetzt, alles Topleute, Spezialisten vom Feinsten mit dem Mut zum Aufbruch. Das machte in der Öffentlichkeit mächtig Eindruck und verlieh dem Projekt von Anfang an Ernsthaftigkeit und Klasse.

Die Idee mit den Doppelbesetzungen der Fachgebiete erwies sich schnell als äußerst produktiv.

Zwei Meeresbiologen, die sich gleich mit voller Verve in die Beantwortung der Frage nach dem Über- und Unterwasserüberleben in einer Plastikumwelt geworfen hatten, standen in enger Kooperation mit zwei Industriechemikern, Gordon war einer von ihnen, die am Aufbau der Abfallinsel aus den Plastikemissionen der Erde forschten.

Sie waren wiederum in ihrer Arbeit eng verzahnt mit vier unterschiedlich spezialisierten Recyclingingenieuren, die unter anderem ein besonderes Augenmerk auf zehn Flüsse, davon acht in Asien, geworfen hatten, auf deren Konto 95% der Plastikverschmutzung der Weltmeere ging. Diese Einleitung in Zukunft zu verhindern und gleichzeitig dort, wie aus den verseuchten Regionen der Erde Plastikabfall zu gewinnen und zu verarbeiten, war ihr Aufgabenfeld.

Zwei Städtebauspezialisten bildeten zusammen mit zwei Landschaftsarchitekten ein permanentes Team und hatten interessante Entwürfe zur Konstruktion und späteren Begrünung der Insel mit den Biologen vorgelegt.

Ihnen zur Seite standen zwei Schiffsbauingenieure, die die Nutzung, den Umbau und die Verbindung ganzer Schiffswracks als Bauelemente für das Projekt planten.

Zwei Geographen mit geologischem Schwerpunkt erstellten genauere Langzeitprognosen über Klima, Meeresströmungen und den Wechselwirkungen mit einer expandierenden PACIFIS-Insel im Zielgebiet, die die Lage ihres Wirbels beeinflussen konnten. Sie wurden auch gern von anderen Experten hinzugezogen. Geographen studieren bekanntlich alles.

Ein fittes Finanzexpertenduo führte die Bücher des rasch gegründeten Vereins und hatte das Crowdfunding und die dicken Geldhähne von interessierten Milliardären im Auge und auf der Rechnung. Die von ihm ausgestellten Spendenbescheinigungen überschwemmten bald weltweit die Finanzämter.

Komplettiert wurde die Runde durch zwei Juristen, Spezialisten für Völker- und Welthandelsrecht, die unter anderem die Idee hatten, PACIFIS als Freihandelszone einen Sonderstatus zu verleihen, was ihrer Erwartung nach zu einem großen internationalen Interesse an der Realisierung des Vorhabens führen würde. Der Umschlagplatz mitten im Pazifik war ideal.

Und natürlich musste schnellstens Anschluss an die Vereinten Nationen gefunden werden. Ganz schutzlos wollten sie nicht sein.

So bildeten neunzehn Experten mit Leo, Jee, Werner und Gordon den Planungsstab des Projekts, aus dem sich auch Chris nicht verabschiedet hatte. Das Haus in der San Nicholas Ave. war ihr neues Heim geworden, wo sie mit immer neuen Quichevariationen aufwartete, solange sich die Crew dort traf.

Gordon heiratete Chris nach zwei Monaten, damit sie bleiben konnte. Leo beglückwünschte die beiden mit ein wenig Selbstüberwindung zu dem Schritt, denn nach dem „ius soli" war auch er Amerikaner und hätten genauso gut den Bräutigam stellen können. Aber es war nie die Frage. Chris schien sich entschieden zu haben. So lebte denn Leo allein in seiner Wohnung unweit der Santa Barbara Mission, vermied es jedoch ohne Mühe, ein Mönch zu werden.

Jee und Werner mussten nach Visumablauf immer wieder die USA verlassen, versuchten aber so oft wie möglich, dabei zu sein. Später, mit wachsender Bekanntheit, bekamen sie Schwierigkeiten bei der Einreise. Sie hatten wohl einen Unruhestifterstatus erreicht.

Als dann die Wut der Gegner lauter wurde, entschloss sich die Crew von einem unbekannten Ort aus das Projekt zu organisieren und zog sich außerhalb von Grass Valley in ein großes Blockhaus, ein Ferienheim mit vielen Zimmern, unbemerkt in die Berge zurück, mehr denn je davon überzeugt, mit dem Wissen ihrer Truppe und dessen Vernetzung die Welt aus den Angeln heben zu können.

Chris bezog eine separate Unterkunft und hoffte auf Gordons Verständnis. Sie wolle nach der Enge des Häuschens auf der Mesa wieder ein eigenes kleines Reich, wie sie sich ihm gegenüber ausdrückte.

„Okay, go ahead", hatte er gesagt und dann war die Sache für ihn in Ordnung gewesen.

Dann kam es jedoch zu einem Revival zwischen Chris und Leo. Sie begannen sich wieder gelegentlich zu treffen und klärten Gordon schließlich darüber auf. Er schluckte erst, akzeptierte dann aber die Veränderung ihrer Beziehung ohne Kommentar, da er aus Überzeugung von Eifersucht nichts hielt. Es war ja auch Chris gewesen, die im ersten Rausch der Begegnung die Beziehung angestoßen hatte. Da war es seiner Meinung nach ihr gutes Recht, etwas zu verändern und sich aufzuteilen. Sie verließ ihn ja nicht.

‚Das hatte es doch immer schon gegeben. Und manchmal ist es sogar die Regel, wie bei den Kham in China', sagte er sich, ‚wo eine Frau zwei Männer, meistens Brüder, haben kann und alle ganz zufrieden sind.' Er hatte erst kürzlich einen Bericht darüber gesehen.

Leo und Gordon sprachen sich nach kurzer Zeit aus und bekannten sich zum Status quo. Es war, wie es war, sonst wär's ja anders gekommen. Und damit ließen sie es bewenden.

Die anderen Zwanzig aber blieben außen vor, auch wenn einer von ihnen schon mal rüber schielte, denn Chris war immer noch ganz flott - ja, wurde immer flotter, wie es schien - und tatsächlich die einzige Frau im Haus.

II

Mittlerweile hatte die Bohrplattform mit zehnköpfiger Besatzung ihre Zielkoordinaten erreicht und wartete auf die Armada der Schiffe, an deren Zusammenstellung, Umbau und Beladung fieberhaft gearbeitet wurde.

Das Clean-up an Land hatte begonnen und die Menschenmassen schleppten, durch gute Entlohnung motiviert, den Plastikdreck, der sie umgab, zu den wabenförmigen, genormten, Plastikcontainern, die NONSTOP, wie das allgemeinnützige Projekt jetzt offiziell hieß, selbst produzierte und großflächig und in großer Stückzahl landauf, landab an Gemeinden verteilt hatte. Diese bekamen auch das Geld für regulär gefüllte und geprüfte Container, die gleichzeitig die Module für die Pontonfläche waren.

Vor den Flussmündungen schöpften riesige, an Walfängern montierte Saugwalzen - eine großartige Erfindung, auf die NONSTOP das Patent hielt - Plastikabfall statt Wale aus dem Wasser, denen Fische, Plankton und anders Wassergetier von leichter Elektrizität dirigiert entkommen konnten, und füllten die Container. Sie waren um einiges effektiver und schonender, als die Ocean Cleanup Interceptors, eine Weiterentwicklung der Healthy Harbour Technik aus Baltimore, mit denen Boyan Slat Ende 2019 gegen den Plastikzustrom aus den Flüssen anzukämpfen begann.

Erleichterung und Lebensfreude der Bevölkerung wuchs mit der zunehmenden Entmüllung ihrer Umwelt. Ackerland entstand und begann langsam, die Menschen wieder besser zu ernähren. Hilfsprogramme anderer Organisationen flossen mit ein und stießen damit positive Entwicklungen an, die man lange nicht für möglich gehalten hatte. Die Retter-der-Welt-Fraktion jubilierte. Das Gegnerlager wurde kleiner und kleinlaut, aber im Kondenskern gefährlicher. Fanatischer Glaube, geschickt gelenkt durch jene, die ihre Privilegien schwinden sahen, will Berge sprengen, nicht versetzen.

Auch die Milliardäre bildeten nun zwei Lager, die Einsichtigen, denen ihr Reichtum Verpflichtung wurde und die, die einfach nicht zugeben wollten, wohin Gier und Habgier die Menschheit geführt hatte. Dabei gab es ein aktuelles Beispiel mit den „bösen Zwillingen von Sark", schwerreiche Brüder, die auf der einst idyllischen Kanalinsel in Zeitraffer nachgestellt hatten, wie zerstörerisch Macht- und Geldgier für das Allgemeinwohl sind, ein Trauerspiel, frech, dreist und dreckig inszeniert.

Chris fand als Pressesprecherin eine neue Aufgabe und bald gab es weltweit auf allen Kanälen NONSTOP-News, die den Cleanup-Hype kräftig expandieren ließ. Der Glaube an eine Zukunft der Menschheit, an das Paradies auf Erden war weltweit erwacht. „Der Globus gehört uns allen, ist unser Garten Eden. Wir sind soweit. Jetzt oder nie. Let´s do it now – or never."

Jees Popularität machte ihn zum Medienstar unter den Abwrackern am Strand von Chittagong. Schnell war er auf die Idee gekommen, sich ohne Makler direkt an die Reedereien zu wenden und sammelte Wracks, die nach dem Ausschlachten vor Chittagong auf ihre Plastikfracht und ihren Transport in den Südpazifik warteten. Einige Dampfer behielten deshalb ihren Antrieb, während andere mit technischen Anlagen nach Maßgabe der Expertencrew ausgestattet wurden. Drei Kreuzfahrer wurden renoviert und sollte den Pionieren eine erste, komfortable Heimstatt sein.

Dann machten sich die ersten zwölf umgerüsteten Schiffskolosse von 200 Metern Länge mit ihrer Fracht aus Aggregaten, Mensch und Material auf die Reise, begleitet von einer Blauhelmkorvette, die zu entsenden die UN sich nicht hatte lumpen lassen. Das, was dort möglicherweise entstand, beschloss der Rat der Nationen, sollte von Anfang an dazu gehören.

III

Das Ganze erinnerte ein wenig an Deep space nine: ein stabiles Neuneck mit drei Speichen und der Bohrinsel als Nabe, Durchmesser 480 bei 1600 Metern Umfang, zusammengestellt aus drei Öltankern, sechs Containertransporter und drei Kreuzfahrern, die zunächst über die Ankerketten miteinander verbunden wurden. Durch die perfekte Planung stand das Konstrukt nach einer Woche und konnte fest verschweißt werden. Ein unglaublicher Anblick. Die Menschen vor den Flachbildschirmen jubelten. Es war ja auch ihr Werk.

Die Luftaufnahmen, vom Heli aus geschossen, hatten tatsächlich etwas Außerirdisches, ein bunter Stahlring, der eine 12,5 ha große dreigeteilte Fläche umschloss, wovon sich eines von zwei Segmenten bereits mit weiß irisierenden, unsinkbaren Plastikwaben füllte. Ein Drittel des Innenraums sollte zunächst als freie Wasserfläche durch die tunnelartige Freilegung der beiden Mitteltanks eines Ölriesen mit der offenen See verbunden bleiben. PACIFIS war geboren und erinnerte schon jetzt an Platons Atlantisbeschreibung.

Der nächste Stahlring mit einem Durchmesser von 1,7 Kilometern, würde bei gleichem Aufbau mit allerdings sechs Sektoren und einer gewaltigen Schleuseneinfahrt für den Freihafen aus 45 bis 50 Ozeanriesen abhängig von ihrer Größe konstruiert werden müssen. Ausgehend von diesem stabilen Kern der Insel, so die Hoffnung, bestünde dann ihre weitere Ausdehnung aus unterschiedlichsten Maßnahmen. Die Ideen waren zahlreich und Leo hatte mit seinen Phantasien selten weit danebengelegen. Aber 50 Pötte für die Bauphase II zu organisieren, war schon nicht wenig.

Jee zischelte einen tonlosen Pfiff, als er das hörte. Und doch waren das nur knapp 10% der Wracks mit zwei- bis vierhundert Metern Länge, die jährlich weltweit verschrottet werden. Die Realisierung war also nicht utopisch. Die Redereien mussten nur noch davon überzeugt werden, am besten wohltätig abzuschreiben, statt zu verschrotten. Zudem versprach eine Freihandelszone mitten im Pazifik Wirtschaftswachstum, woran vielen gelegen war. Die PACIFIS-Wirtschaftsexperten waren davon überzeugt, dass sich in der Folge die Handelsschranken weltweit senken würden, wie es von der Doha-Runde in der WTO vor einigen Jahren schon einmal angedacht worden war. Leider entschlossen sich die reichen Wirtschaftsblöcke 18/19, allen voran die USA, einen Handelskrieg durch Zollanhebungen vom Zaun zu brechen. Vielen Industriellen war der Denkfehler in dieser Rechnung gleich klar. Krieg, in welcher Form auch immer, ist kontraproduktiv, ausgenommen natürlich der mit Waffen geführte für die Rüstungsindustrie, er ist ihr Markt, und auch ein Handelskrieg führt lediglich zu Unsicherheiten bei den Produzenten und einer Kostenspirale, die schließlich vom Endkonsumenten bezahlt werden muss. Etwas zu gewinnen, bis auf kurzfristige Mehreinnahmen für den Staatshaushalt der Zollerheber, gab es da nicht. Eher etwas zu verlieren. Diese „drecks Rückwärtsgewandtheit" ging vielen Handeltreibenden auf die Nerven. Sie schmälerte ganz offensichtlich ihre Rendite. So war der Köder angehakt und die Angel ausgeworfen. Die großen Fische konnten anbeißen. Wei-

tere 50 Ozeanriesen mussten her, während die Plastik-
müllhalden auf den Kontinenten kleiner wurden und in
Sechseckcontainern verschwanden. Noch lief alles wie geplant auf dem Schrottplatz im Pazifik. Doch wetzten die
Gegner die Messer.

IV

Leo stand auf der Ölplattform und beobachtete das
Treiben unter ihm mit gemischten Gefühlen: Stolz und
Zweifel. Alles war sehr schnell gegangen, als hätte man nur
den Stöpsel ziehen müssen. Sofort war ein Sog entstanden,
der ihnen zwar viel begeisterte Zustimmung und Unmengen von Geld aufs Konto gespült hatte und immer noch
spülte, aber auch einige unvorhergesehene Komplikationen mitriss, die nicht so einfach zu lösen waren. Ein
Hauptproblem wurde die zunehmende Aggression, die
ihnen aus Parteien und Organisationen entgegenschlug.
Man charakterisierte sie als Gefahr für die Menschheit und
die Umwelt und unterstellte ihnen sektenhaftes Rattenfän-
gertum und eine verlogene Bereicherungstaktik, um sich
mit den ergaunerten Milliarden bald abzusetzen. Es gab
mittlerweile so viele feindlich eingestellte Leute, die ihr
Projekt aus unterschiedlichsten Gründen lieber heute als
morgen scheitern sehen wollten, dass es Leo für unmöglich
hielt, sich mit allen auseinandersetzen. Der Wortlaut einiger Kommentare, oft anonym und extrem aggressiv ins
Netz gestellt, gab ernsthaft Anlass zur Sorge. Es waren
unverblümte Morddrohungen. Jee hatte sich drei Body-
guards und Werner einen Bart zugelegt. Leo ergriff eine gewisse Unruhe.

Es war wenig sinnvoll, alle Experten, Herz und Hirn
des Projekts sozusagen, zusammen der Gefahr auszu-
setzen, im schlimmsten Fall eliminiert zu werden. Eine

66

Hälfte von ihnen war deshalb in See gestochen, um ihre Büros auf der Bohrinsel einzurichten und vor Ort die Arbeit voranzutreiben. Gordon und die zweite Hälfte der Expertencrew war in den Bergen von Grass Valley geblieben und hielten sich bedeckt. Ob das wirklich weiterhin gelingen würde, war ungewiss. Man konnte nicht ernsthaft davon ausgehen, dass sich die Geheimdienste und Feinde des Projekts uninteressiert zurückhielten und ihnen nicht auf den Fersen waren.

Jee hatte einhundert handverlesene Bengali vom Strand weg angeheuert, die nun an den Schiffen schweißten und schraubten oder auf den Pontons herumwuselten und - werkelten, um die beiden Segmentoberflächen zu versiegeln und mit Sand zu bedecken. Chris, die zu Leos Überraschung ohne Gordon, aber mit seinem verhaltenen Einverständnis, mit auf die Plattform gezogen war, turnte, die Kamera im Anschlag, für Filmberichte und eine Langzeitdokumentation auf der Baustelle sorglos umher. Ihr neues Projekt. Wahrscheinlich glaubte sie wirklich an die Unantastbarkeit der Presse und machte sich keine Gedanken, um ihre Sicherheit. Zumindest äußerte sie sich Leo gegenüber so.

„Dein Wort in Poseidons Ohr", war sein ironisch dahingelächelter Kommentar gewesen.

„Alter Sauertopf", hatte sie geantwortet und ihm vor die Brust geboxt. Immerhin, Chris war nicht kleinzukriegen. Aber beide wussten natürlich auch, dass die Insel jederzeit von einem Boot mit Attentätern ansteuert werden konnte. Das ließ sich gar nicht verhindern. Vor größeren Angriffen jedoch schien PACIFIS momentan sicher zu sein. Die Blauhelmkorvette, die sie mit Abstand bewachte, verströmte ihre Friedensaura. Nun ist eine K130 mit ihrer 60 Mann Besatzung keine so große Nummer, aber die RBS 15

Antischiffsflugkörper unter Deck sind schon ein Argument.

Ihr Kommandant Jan Pellhörn, untersetzt, gutmütig und betagt, mit grauem Seebärbart und nie ohne weißer Kapitänsmütze, war Schweriner und nachweislich entfernt mit Arndt Stuke verwandt. Stuke entstammte einem mecklenburgischen Adelsgeschlecht und war einer der Hauptleute der frühen Vitalienbrüder gewesen, die als Seeräuber im 14. Jahrhundert die Ost- und Nordsee befuhren.

Störtebecker, wer immer auch dieser Sagenhafte wirklich war, gehörte später dann dazu.

Pellhörn hatte in der Volksmarine im Küstenschutz als Kapitän einer Fregatte der sowjetischen Koni-Klasse gedient und war damit der Familientradition gefolgt, auf Kriegsschiffen zu arbeiten. 1992 konnte er dann bei der Marine der UN anheuern. Er war schon zweimal auf PACIFIS gewesen, denn er schätzte die indische Küche der Insel sehr.

Sein Einsatz sollte insgesamt sieben Monate dauern. Über anschließende Maßnahmen würde noch verhandelt. Ein Abzug seines Schiffs wäre sehr wahrscheinlich, hatte er gesagt und Leos Nächte ein wenig schlafärmer gemacht. Aber noch hatten sie Ruhe und es ging voran. Der zweite Ring war in Vorbereitung. Die gebührenfreie Nutzung des PACIFIS-Hafens lockerte bei den Reedern die Ankerketten. Immer wurde auf die Win-Win-Situation geachtet, was leichter fällt, wenn man unabhängig ist und eigene Regeln und Gesetze hat.

„Das, was die Schweiz kann, können wir auch", sagten die Finanzexperten. „Du brauchst nur ein souveränes Land, selbst wenn es eigentlich Wasser ist, und das haben wir. Das reicht! Ein Volk wäre gut." Also hatte NONSTOP begonnen unverbindlich Staatbürgerschaftsanträge zu verschicken, da es tausende von Anfragen gab. Sie zu bearbeiten und eine glückliche Auswahl zu treffen, stellte die Rechtsabteilung vor einige Probleme Sie gingen sie jedoch erstaunlich gelassen an. Der Typ gläserne Mensch war weit verbreitet. Er wurde bevorzugt.

V

„Und, wie isset?"

Leo zuckte zusammen. Beinahe wäre ihm seine Wasserflasche aus der Hand gerutscht. Chris hatte sich unbemerkt genähert und lehnte neben ihm an der Brüstung.

„Chris!" Er lächelte ertappt den kleinen Schreck weg.

„Oh, hast du dich verjagt?"

„War in Gedanken."

„Komm, Leo, es läuft doch. Was willst du noch?" Sie nahm ihn seitlich in den Arm und drückte ihm einen Kuss auf die Wange.

„Warst du im Internetz? Da gibt's Kommentare ... also weißte ...? Nee ...", Leo schüttelte den Kopf.

„Das sind doch nur Idioten!"

„Weiß nich´. Da braut sich was zusammen." Diese Ruhe, ob trügerisch oder nicht, nervte ihn schon. „Wenn die nächste Fuhre unterwegs ist, geht´s mir besser." Er schaute sie an und küsste sie auf den Mund.

Aber es würde sicher noch drei Monate dauern, bis sich die zweite Armada auf den Weg machen würde, ein konzertierter Sternmarsch von Schiffen aus allen Ecken der Erde, die Jees Maklerbüro - er machte das wirklich super gut - ohne viel Aufhebens und Öffentlichkeit gelistet und mit den Müllgebühren der Industriestaaten Europas und den Spenden für NONSTOP finanziert hatte. Je weniger Verbindungen gezogen wurden, desto sicherer war der Transport. Wenn der gelang, wäre PACIFIS nicht mehr aufzuhalten. Mit einem funktionierenden Hafen hätten sie es geschafft. Das war Leos und aller NONSTOP-Aktivisten Hoffnung.

„Klar, das wird. Komm, wir schauen mal nach den anderen. Die sind immer gut drauf." Chris hakte sich bei Leo unter und zog ihn lachend gegen seinen leichten Widerstand von der Brüstung weg, als aus dem Nichts eine dieser kleinen, modernen Aufklärungsdrohnen über ihre Köpfe hinweg schrackerte. Verblüfft schauten sie auf.

„Siehste, die haben uns auf dem Kieker. Amerikanisch, oder?", sagte Leo kehlig mit dem Kopf im Nacken, als er dem spionierenden Flugroboter hinterherschaute, der nach einem scharfen Bogen dahin zurückschoss, wo er hergekommen war. Leo holte sein Handy raus, um bei den Blauhelmen anzurufen.

Ein Navykriegsschiff der Arleigh-Burke-Klasse, ein Tarnkappenzerstörer mit Lenkraketenbewaffnung, hatte nordwestlich in fünfzehn Kilometern Entfernung Position bezogen. Jan Pellhörn war nicht informiert worden. Er wusste von nichts.

VI

Bernard Cartwright, 51, war unrestricted Captain of the Navy und hatte damit einige Befehlsgewalt.

Er wuchs in Sheridan, Wyoming, einer ärmlichen, erzkonservativen Kleinstadt an der Interstate 90 unter der strengen Hand seiner verwitweten Mutter auf. Mit sechs leimte er sein erstes Kriegsschiff zusammen, mochte andere Kinder nicht und wurde ein frommer, trotziger Einzelgänger. Im Geschichtsunterricht hatte die Drecksarbeit der Inquisition seinen Zuspruch gehabt. Einer musste sie machen.

‚Wer den Teufel verleugnet, kann nicht an Gott glauben‘, sagte er sich und damit war für ihn die Sache geklärt. Er war stets auf Lieutenant Blighs Seite und nicht auf der der Meuterer gewesen, mochte aber Captain America anfänglich nur mit Abstrichen, da ihm seine künstliche Schöpfung durch das Infinity-Formula-Serum sehr suspekt war. So etwas konnte doch eigentlich nur des Teufels sein und folglich nicht gut. Später wischte er seine Zweifel weg. Auch für ihn heiligte schließlich der Zweck die Mittel.

Am Tag seines achtzehnten Geburtstags meldete er sich zur Marine. Unverheiratet und kinderlos, brachte er es in seiner Offizierskariere schließlich zum Kapitän eines Zerstörers der dritten Flotte. In seiner Seele schwappte ein Mix aus ultrarepublikanischem Stolz, Knochenhärte gegen sich und seine Untergebenen, braver Gottesfurcht und dem unerschütterlichen Glauben an die USA und ihre Mission. Er betete demonstrativ vor dem Essen, um klar zu machen, wer sein engster Verbündeter war, denn er verteidigte „God's own Country" und hatte damit alle Legitimation des Höchsten auf seiner Seite. A-men.

Nun war er von den Hawaiianischen Inseln, zwischen denen sein Kampfschiff zu kreuzen pflegte, weit entfernt in den Südpazifik geschickt worden. Sein Auftrag war Aufklärung, Demonstration von Präsenz und gegebenenfalls Vereitelung einer militärischen Bedrohung Hawaiis. Den letzten Teil des Einsatzbefehls nahm er sehr ernst, denn er legitimierte Kampfhandlungen und machte ihn zum wichtigen Verteidiger der USA an dieser Front, auch wenn eine reale Bedrohung der Sandwichinseln, wie die einst souveräne Republik vor der willkürlichen Annexion 1898 durch die USA genannt wurde, kaum vorstellbar war. Aber das Böse kennt alle Schliche, glaubte Ben, so nannten ihn Bekannte - Freunde hatte er nie gehabt - seit Kindestagen und vertraute nur Gott und einem republikanischen Präsidenten. Alles andere war des Teufels oder konnte es werden.

Jetzt saß er an seinem Schreibtisch vor dem Bildschirm und verfolgte die Luftaufnahmen der Drohne. An Deck der Plattform zerrte eine Frau einen offensichtlich betrunkenen Mann von der Reling weg. Vielleicht waren sogar andere Rauschmittel im Spiel. Fast sah er seine Vermutung schon bestätigt, dass dieses Inselkonstrukt nur dem asiatischen Drogenhandel dienen würde. Am besten eine Bombe drauf und aus die Maus. „Wehret den Anfängen!" Er hielt diese Ovidsche Warnung für ein alttestamentarisches Gebot, wie „Aug´ um Auge, Zahn um Zahn", und zitierte sie gern. Wie sehr ihre wahre Bedeutung auf ihn selbst und sein Kommando zutraf, ahnte er nicht.

Er beschloss, seine Vermutung in den Einsatzbericht zur Drohnenaufklärung vorsichtig einfließen zu lassen. Insgeheim hoffte er auf eine Erweiterung seines Befehls, die ihn näher an den Feind herangeführt hätte. Vielleicht ließe sich doch etwas mit einer Bedrohung der nationalen Sicherheit legitimieren? Das zog doch in letzter Zeit. Aber er hatte bislang nur einen Betrunkenen vorzuweisen und natürlich die Unverschämtheit dieser NONSTOP-Anarchisten, sich einfach ein neues Staatsgebiet zu angeln. In seiner Vorstellung setzte solch ein Gewaltakt gegen die Grundordnung auf Erden erst einmal einen Krieg voraus, den er gern für Gott, Amerika und die Freie Welt geführt hätte. Jetzt wäre das noch ricky tick – ruck zuck – zu erledigen.

Ben Cartwright, ein „Pa" ohne Güte, lehnte sich zurück und lächelte schief in seinen Tagtraum hinein. Wie lustig es wäre, dieses Planschbecken des Bösen mit ein paar Raketen aus dem reichhaltigen Waffenarsenal an Bord auf den Meeresgrund zu schicken? Kawumm, platsch und weg.

‚Wann würden sich die Blauhelme noch ′mal verzieh′n? In ein paar Monaten?‘ Er schlug sich mit der linken Hand in die rechte Ellenbogenbeuge, hob Unterarm und Faust mit gestrecktem Mittelfinger ruckartig an und fror die Geste für einen kurzen Moment ein. Er kannte sie aus den „Raw" und „Smack-down" Wrestlingübertragungen, die er sich regelmäßig mit großem Vergnügen anschaute, auch wenn ihm die Regeln ein Rätsel waren. Diese UNO-Luschen konnten ihn mal!

Dann ließ er die Faust neben seinem Rechner auf den Tisch fallen, beugte sich über die Tastatur und tippte stochernd seinen Frontbericht für das Oberkommando im Zweifingersuchsystem ins vorgesehene Formblatt ein.

VII

Der Eurocopter x3 flog mit seinen Zusatztanks die Strecke Mataveri Airport auf den Osterinseln nach PACIFIS und zurück zuverlässig und schnell, wie ein Jet. Jee hatte einen der raren Fünfsitzer-Prototypen aufgetan und umrüsten lassen. Entspannt saß er neben dem Piloten und schaute hinab aufs Meer, diese blaue, makellose Wüste, in der die Heimat für ein neues, menschliches Miteinander entstehen sollte. Bald müsste die Insel in Sicht kommen.

Jee hatte sich verändert. Aufgewacht aus seinem Dämmerschlaf der Langeweile, entdeckte er schnell sein Talent für Organisation, Logistik und Handel. Er trat gut aussehend, selbstbewusst und eloquent, aber doch freundlich und entspannt seinen Geschäftspartnern entgegen und nahm sie ausschließlich alle für sich ein. Mit der Mission im Kopf und den Milliarden im Rücken hatte er die sieben größten Reedereien der Welt persönlich aufgesucht, um über Abwrackverträge zu verhandeln. Mit den asiatischen Big-Playern in Peking, Tokio und Taipeh, die knapp 900

Schiffe dirigierten, kam er rasch ins Geschäft. Der Name Marak war nun bekannt und öffnete Türen und Ohren auf den Chefetagen. Bei den Europäern in Kopenhagen, Genf, Hamburg und Marseille mit doppelt so großer Flotte musste er sich schon ein wenig mehr anstrengen. Aber die Idee von Müll- und Schrottentsorgung bei gleichzeitiger Müll- und Schrottvermeidung zog in der Öffentlichkeit und erzeugte einen milden Druck auf die Unternehmen, sich mit dem neuen Geschäftspartner auseinander zu setzen. Auch ihre Auftragsbücher wollten gefüllt sein, da gingen sie besser kein Risiko ein. Mit dem Durchbruch bei den Marktführern, kamen von den unzähligen kleinen Reedereien und Schiffseignern, die das Gros der 40000 Fracht-, Tank- und Kreuzfahrtschiffe auf den Weltmeeren betrieben, die Angebote zu Hauf auf Jees Schreibtisch geflattert. So hatte er das passende 50er-Kontingent für die zweite Phase bald zusammen. Es befand sich nun im Aus- oder Umbau durch Firmen aus aller Herren Länder nach Plänen des Expertenkonzils.

Ihr Gesamtkonzept für „The biggest little state of the world", wie PACIFIS auch genannt wurde, hatte die Welt elektrisiert. An alles war gedacht. Aufbau und Entwicklung der Insel, Population und deren Struktur, Ernährung und Verwaltung, selbst Recht und Ordnung waren umfassend und nachhaltig konzipiert.

Für die Selbstversorgung kamen die Solardecks aus China, die Meerwasserentsalzungsanlagen aus Israel, die Wasseraufbereitungstechnik aus Deutschland, die Treibhäuser, Insekten- und Fischzuchtanlagen aus den Niederlanden und das Brauereischiff aus Belgien. Wer die Softdrinks exklusiv liefern würde, blieb lange in der Schwebe. Schließlich bekamen die Belgier den Auftrag, die Brause selbst zu machen. Die Verwendung des Plastikmülls für den Aufbau von PACIFIS war mehreren, internationalen Firmen anvertraut, die sie mit unterschiedlichen, umweltneutralen Verfahren auf zehn Schiffen umsetzen würden. Für die Pontons, die Gerüstkonstruktionen und Rohrleitungen, die Isolation und Präservation der Schiffsrümpfe, die Treibhäuser, an allen Ecken und Kanten des Projekts wurde der Kunststoff gebraucht, der andernorts die Welt verdreckte. Win-win macht Sinn. Absolut.

Jee sprang aus dem Eurocopter, der sich mit brausendem Sturm auf der Plattform niedergesenkt hatte und lief Leo und Chris gebückt entgegen. Das „Surprise, surprise" lasen sie von seinen Lippen ab. Dann hatte er sie erreicht.

Er nahm Chris in die Arme, drehte sie, taumelnd der Fliehkraft ausgesetzt, einmal im Kreis, griff nach Leo und drückte sie alle beide. „So good to see you," rief er in inniger Umarmung gegen den Rotorenlärm an. Dann blickte er in die Runde. „Wow, it´s unbelievable."

Jee, Leo und Chris liefen über die sandbedeckten Pontons auf die Mitte des sieben Fußballfelder großen, erstaunlich stabilen Dreiecks zu, das hier und dort von blauen Pools durchbrochen war, umgeben von den turmhohen, bunten Stahlwänden der unterschiedlichsten Schiffsriesen. Das Ganze hatte schon jetzt eine gewisse Ästhetik. Bald würde erstes Seegras auf flachen Dünen wachsen. Seevögel kämen zu Besuch. Strandkörbe lüden zum Verweilen ein. Galerien von Designerhäuschen mit kleinen bepflanzten Terrassen würden in Etagen außenbords an den Schiffen kleben, verbunden durch Fahrstühle, die auf die sechs höchsten Decks führten. Hier zu wohnen würde pure Freude sein.

„I really was afraid it would be ugly. But it´s not, even in this state of construction. Oh, Chrissy, oh Leo, what gorgeous work did you start."

„We started, Jee, we! And more important, without you, all of this would still be an idea."

„That´s right", bekräftigte Chris Leos lauten Einwand.

„Thank you, my friends. Thank you." Ein wenig verlegen winkte Jee ab. „But now the Navy´s near, you said. What for? Hope the captain is okay. If he´s a bastard, you never know. The US started war in Irak on a simple lie."

„And they didn´t contact the UN", ergänzte Leo entrüstet. „Their Captain Pellhörn was taken by surprise, when I called him up. Therefore we have to be quick with the second fleet, Jee. It´s safer with the ships around. It demonstrates, how big we are already and shows selfassertion and confidence. That will keep our foes hands off of us, I hope. So, Jee, what do you think, how realistic is it, starting the ‚flashmob' in less than three months?"

„Well, we bought all the boats, we need. But the engineers want to prepare the whole construction of the second ring bevor they leave. That´s still in progress."

„And if they put to sea and work on it on the way? How´s that? It may save time."

„Good idea. Maybe it´s possible. We ask the experts - at least half of them", sagte Jee mit einem feinen Lächeln, als er über Leos Schulter schaute, in dessen Rücken sich die Fachleute, einige Sixpacks schwenkend, näherte. „Here they come."

Dann saßen Jee, Leo und die Crew im fahlen Licht der Nachmittagssonne auf ihrem „Beach I" im Sand zwischen frisch gepflanzten Strandhaferschösslingen, umschwärmt von Chris und ihrer Kamera und prosteten sich zu. Leos Vorschlag, den Sternmarsch der Schiffe sofort nach der Lieferung der noch fehlenden Materialien und Aggregate zu beginnen, vorausgesetzt, die Ausbaufirmen spielten mit, wurde nicht lange diskutiert. Der Zerstörer und die Drohnenaktion sprachen für sich. Alle wussten, wie locker einigen Militärs in den US-Streitkräften der Finger am

Abzug lag. Wenn es machbar war, sollte es laufen. Alle waren dafür.

„Okay", Leo hob seine Flasche und schwenkte sie lächelnd in die Runde. „On you and your fantastic steel and plastic work, my friends, cheers. We need more beer."

So begann das erste Fest auf ihrer Insel, zu dem nun alle Pacifiker zusammenkamen, etliche Bengali mit Flöten, Reisetamburas und Tablas, die die Wracks zum Schwingen brachten. Die Pontons hielten, und keiner hatte wirkliche Bedenken, auch wenn sie es vermieden, auf einen Haufen zu laufen. Weit hallten die verschlungenen Rhythmen über das Meer und Captain Cartwright stand an Bord und traute seinen Ohren nicht. Da war doch was!

VIII

Werner war auf die Idee mit den simultanen Pressekonferenzen gekommen, als das Leitungskonzil von PACIFIS ihre Reaktion auf die Drohne und den US-Zerstörer besprach und wurde sofort von allen unterstützt.

„Die Weltöffentlichkeit aktuell informieren, wie weit wir schon sind, mit Filmen und Bilder von Chris über Arbeit und Leben auf der Insel und dann simultan die unangekündigte Info über das amerikanische Kriegsschiff und die potentielle Bedrohung, die von ihm ausgeht. Wir machen vier Life-Pressekonferenzen, eine in Valletta auf Malta und die anderen in Key West/Florida, Guayaquil/Ecuador und Candy/Sri Lanka, keine Hauptstädte, sondern Bildungszentren und möglichst Inseln. Vier in alle Himmelsrichtungen sozusagen, um zu zeigen, dass wir uns an alle wenden und simultan, damit kein Kanal vorgewarnt wird und uns abschalten kann. Zwischen Candy und Guayaquil liegen zehneinhalb Stunden. Das geht. Morgens um halb elf an Südamerikas Pazifikküste ist abends neun

Uhr im Indischen Ozean. Mit der Nachricht über die Bedrohung wird sich dann die Entrüstung der Weltöffentlichkeit mit einem starken Impuls ausbreiten. Der Protest gegen eine US-amerikanische Einmischung muss von Anfang an ein Großer sein. Das ist unser Schutz."

Also machte sich Werner ans Werk und wurde „selbstverständlich" überall in den Sendeanstalten mit offenen Armen empfangen. Sich bei einer globalen Schaltung rauszuhalten, konnte sich keine leisten. PACIFIS war immer noch eine Sensation.

Viertes Kapitel

I

Sie hatten sich aufgeteilt. Jee war in Candy, Werner in Valletta, Gordon in Key West und Leo in Guayaquil vor die Presse getreten und alle hatten, die Uhrzeit im Blick, zeitgleich in den Interviews die Präsenz der Navy in unmittelbarer Nähe von PACIFIS thematisiert und kritisiert. So ein militärischer Aufmarsch, der weder NONSTOP noch der UN gegenüber angekündigt worden war, sei ein Affront und mit nichts zu begründen, es sei denn, man plane eine rechtswidrige Intervention auf PACIFIS. Deshalb erwarte NONSTOP den sofortigen Abzug des Zerstörers, um eindeutig zu demonstrieren, dass diese Bedenken unbegründet sind. Andernfalls fordere man die Blauhelme auf, entsprechende Maßnahmen zur Verteidigung des internationalen Seerechts und damit PACIFIS´ zu treffen.

Der erhoffte Sturm der Entrüstung setzte ein. Demonstrationen wurden weltweit organisiert, auf dem Spendenkonto häuften sich wieder vermehrt die Beträge und der zweite Sternmarsch der Schiffe machte sich rund um den Globus, von feindlichen und freundlichen Satelliten überwacht, auf den Weg.

Werner schiffte sich kurz nach der Sendung für eine Mitfahrgelegenheit nach PACIFIS auf einem Öltanker von Mumbay aus ein, begleitet von einer zierlichen Malteserin. Er hatte Rihanna Busuttil am Hafen von Valetta kennengelernt, als ihr ein Windstoß den Sonnenhut vom Kopfe riss und ihm in die Hände wehte. Ihr schwarzes, halblanges Haar umlockte dicht ein freundliches, scharf geschnittenes Gesicht, dessen dunkler Teint ihr arabisches Aussehen unterstrich. Sie verbrachten den Tag und dann auch die Nacht zusammen und verliebten sich schwer. Er sagte ihr, dass er eine längere Reise in den Pazifik machen würde, und ob sie nicht Lust hätte, mitzukommen. „Vielleicht", hatte sie gesagt und ihm erzählt, dass ihre Familie seit Menschengedenken in Xaghra auf der Nachbarinsel Gozo wohnte und sie fest daran glaubte, dass sie an dem Megalithtempel von Ggantija mitgebaut hätte. Deshalb fiele es ihr schwer die Inseln zu verlassen. Auch war Werner sehr vage geblieben was diese Reise betraf. Dann sah sie ihn am nächsten Tag im Malta-TV. Er hatte sie kurz vor der Sendung angerufen und gebeten, einzuschalten, weil sie so am besten darüber informiert werden würde, wohin ihre gemeinsame Reise gehen könnte. Danach stand für sie fest, ihn nicht alleine zieh´n zu lassen. Aus der Steinzeit in die Zukunft. Das war ihr Schicksal. Der Wind konnte sich nicht irren.

Ben Cartwright hatte versucht, sich die Gesichter dieser vier unverschämten „Burschen mit Frau" einzuprägen. Zeitweilig waren sie während der globalen Pressekonferenz zusammen auf dem Bildschirm zu sehen gewesen. Zwei waren sogar Amerikaner. Eine nationale Schande. Von dem Inder und dem Deutschen war so etwas zu erwarten gewesen. Die hatten schon im zweiten Weltkrieg miteinander paktiert. Aber von Landsleuten? Wahrscheinlich Demokraten, die für den Republikaner Cartwright im Grunde Vaterlandsverräter waren.

Ben nahm das persönlich. Gerade seinen Auftrag als rechtswidrig zu bezeichnen, empfand er im höchsten Maße ungebührlich, wenn nicht gar gefährlich, denn das könnte den bösen Mächten, die die freie Welt vernichten wollten, im militärischen Sinne einen taktischen und zeitlichen Vorteil verschaffen. Und das durfte er nicht zulassen.

Captain Cartwright schaltete innerlich auf Kampfmodus um und versetzte seinen Zerstörer vorsorglich in Alarmbereitschaft, als eine Woche nach dieser frechen Presseaktion die Vorhut einer Armada von Ozeanriesen in seiner unmittelbaren Nähe diese leidige Schwimminsel ansteuerte. Er fühlte sich ignoriert, war zutiefst beleidigt und sehnte sich nach Anlass und Befehl, die Magazine zu leeren. Sein Notruf an die Flottenleitung der 3. wurde nach kurzer Bedenkzeit schriftlich beantwortet: Abstain from any action! Man lähmte ihn. Unfassbar. Oder war das Kommando vom Feind unterwandert? Musste er sich an den Präsidenten persönlich wenden, um ein nationales Unheil zu verhindern?

Verunsichert war er zum Heck gegangen und schaute nun, unbeweglich auf die Reling gestützt, nach Norden, wo ihm Unerklärliches vorzugehen schien. Schließlich atmete er tief durch und schlug mit der flachen Hand aufs Geländer. Was auch immer das Oberkommando unter Zurückhaltung verstand, sein Zerstörer würde vorbereitet sein.

Am nächsten Vormittag befahl er einige Schiffsmanöver zu Angriff und Verteidigung als Reaktion auf eine nicht näher definierte Bedrohung. Die Anspannung seiner Besatzung beruhigte ihn. So war er Herr der Lage.

Außerdem plante er, die Nachtaufklärungsfunktion der Drohne zu überprüfen. Das würde ja wohl noch erlaubt sein. Und wer wusste schon, wofür es gut war. Am Abend legte er sich den Kampfanzug raus, den er von nun an tragen würde und ging zu Bett. Die Besatzung fiel in dieser schwarzen Neumondnacht erst nach 23 Uhr völlig groggy in die Kojen.

Vier Stunden später hob die Drohne ab. Ben saß mit dem Technikoffizier am Bildschirm. Er hatte ausreichend vorgeschlafen. Gespannt sah er die Lichter der Insel in der Ferne aufblinken. Er war wieder erstaunt, welche Ausmaße PACIFIS angenommen hatte, ein riesiges, schwach beleuchtetes Areal auf der schwarzen See, unwirklich und wie mit Teufelshand in die Nacht gemalt. Er ließ ein Standbild machen, auch wenn es solche schon zuhauf im Internet gab. Die Satelliten hatten alles gut im Blick. Doch fand er seine Perspektive viel bedrohlicher. Independence Day ließ grüßen. Den Film hatten doch noch alle im Kopf. Ben lächelte böse und lehnte sich zurück. Dann blitzte der Bildschirm auf und wurde schwarz. Ben stieß den Techniker verblüfft an.

„What…?"

„We lost it."

„Why?"

„No idea. Maybe shot?"

„Bastards!"

Um null dreihundertzwounddreißig Stunden waren Ben, sein Boot und dessen im Halbschlaf wankende Besatzung wieder „bereit" zum Gefecht. Die Drohne aber dümpelte antriebslos in den Wellen unweit zweier Kurzschwanz-Sturmtaucher, große Vögel, deren graue Bälge vom jähen Ende ihrer jährlichen Wanderschaft von Alaska nach Tasmanien zeugten. Die Drohne hatte sie, wie sie die Drohne, in der schwarzen Nacht nicht kommen seh´n.

II

Gordon und die Festlandhälfte des Expertenteams hatten mit Sack und Pack Hals über Kopf den Wald von Grass Valley verlassen, um auf dem zweiten Bootskonvoi nach PACIFIS einzuchecken. Ein nächtlicher Anschlag auf das Blockhaus, der durch den Wachhund Barky verbellt und dadurch verhindert wurde, hatte den plötzlichen Aufbruch provoziert. Die örtliche Polizei konnte einen Mann festnehmen, dem ein in die Luft abgegebener Warnschuss die Achillessehne durchtrennt hatte, weil er in unmittelbarer Nähe des Blockhauses auf einen Baum geklettert war. Sein Gebrüll hatte zwei oder drei Mittäter vertrieben, deren Spuren ein Officer am nächsten Morgen entdeckte. In seinem Rucksack befanden sich zwei Molotowcocktails, zu deren Verwendung er sich auf Anraten seines Anwalts nicht äußerte, auch wenn die Vermutung nah lag, dass sie für das Ferienheim bestimmt gewesen waren. Der Kletterer hätte sie praktisch vom Baum aus auf das Dach des Blockhauses fallen lassen können.

Der Presse gegenüber schwieg der Angeschossene stur und hielt sich einen Aktendeckel vors Gesicht, wenn er eine Kamera sah. Nach einer Woche verschwand er trotz Bewachung aus dem Krankenhaus in Grass Valley.

„No comment", war die lapidare Auskunft des Polizeichefs gewesen. Keiner wusste, was aus dem Mann geworden war.

Jetzt standen die Experten glücklich vereint und stolz auf ihr Werk, das die eine Hälfte von ihnen nun zum ersten Mal in natura zu Gesicht bekam, mit Gordon, Leo, Werner und Rihanna in lauter Unterhaltung auf der Plattform und prosteten sich lachend zu. Es fehlte nur Jee, der wenig später aus Hongkong dazu stoßen wollte.

Chris dokumentierte mit Motiven von erstaunten neben zufriedenen Gesichtern, deren konträre Emotionen den Bildern eine starke Spannung verlieh, mit der Kamera im Anschlag das Ereignis, verstohlen von Gordon verfolgt, dem ihre Verjüngung nicht entgangen war. Das Seeklima mit seinen Meersalzaerosolen bekam Ihr wohl besonders gut. Oder hatte es was mit Leo zu tun? In den wenigen Stunden, die er nun auf der Insel war, hatten sie noch nicht unter vier Augen miteinander sprechen können. Wie würde sie sich nach dieser Trennungszeit ihm gegenüber verhalten? Stand er, immerhin ihr Ehemann, womöglich „körperlich" auf dem Abstellgleis? Er versuchte sich zu beruhigen.

‚Sex ist fein, doch trübt er bekanntlich den Blick auf das große Ganze. Leo und ich heben gerade die Welt aus den Angeln. Da darf nichts zwischen uns stehen und wir hatten das ja auch eigentlich schon geklärt', sagte er sich. ‚Alles andere wäre Quatsch.' Mit diesem „vernünftigen" Gedanken wandte sich Gordon Leo zu und legte ihm den Arm um die Schulter, der davon sofort sehr eingenommen, wenn auch ein wenig verblüfft war. Er hatte gerade den gleichen Impuls gehabt. Gordons Blicke Richtung Chris waren ihm nicht entgangen. ‚Er fragt sich, ob er noch an- oder abgemeldet ist, was ich ihm aber auch nicht beantworten kann', war Leo dabei durch den Kopf gegangen. Aber nun hatte Gordon den ersten Schritt getan und das war besser so. Andersherum hätte es vielleicht nach Mitleid ausgesehen.

„Wow, Leo, what a trip. This is incredible. I really love you for coming to my house that day in July. You changed my world to change the world. You know that?"

Leo lächelte. „Gordon, come on. I just had a little idea, but you made it a big plan. We were lucky that day in July, that you stopped us from leaving without giving any prospects. Could have been the end bevor the start."

„Nonono, Leo it was ... okay, us. Absolutely. We let it happen, you and Jee, and Werner and me, and Chris and the crew - most important, too", vervollständigte er den, wie selbstverständlich gereimten Satz mit dem Ansatz einer Melodie. „Sounds like a song."

„That´s true, five and a crew."

„Under them skies of blue."

„Yeah, ‚Into the great wide open‘, that´s our hymn," rief Leo und musste laut lachen, begeistert von der Idee einer Nationalhymne auf der Melodie von Tom Pettys Megahit, einem seiner all-time Lieblingssongs. Kleine Textveränderungen ... fertig.

Sie schauten sich mit aufrichtiger Freundschaft und Stolz auf einander in die Augen und nahmen sich dann langsam in die Arme, bis Gordon seinen Kopf auf Leos legte, den er genau um diesen überragte. Chris entdeckte sie und machte gleich die Zoomaufnahme - tolle Tiefenschärfe in der Gruppe -, mit der sie wenig später ihre „Friendship-campaign" startete, als die Welt im Chaos versank.

III

Kriege sind im Grunde leicht durchschaubare Destabilisierungsmaßnahmen im erklärten Feindesland, deren Unvermeidbarkeit den Völkern seit Jahrtausenden von den Kriegsherren eingeredet wurde. Ihr Zweck ist immer Raub und Wiederraub von Land, Ressourcen, Hab und Gut und Arbeitskräften. Wenn die dann ihre Besitzer gewechselt haben, oder auch nicht, läuft für die Menschen alles weiter, wie zuvor.

„Völker gewinnen nichts, auch wenn sie Kriege gewinnen."

So sah das Leo.

Bernard Cartwright dachte da ganz anders. Er „verteidigte", wenn nötig, mit Gewalt und fragte nicht nach den Gründen für sein Handeln. Die kannten seine Vorgesetzten, und das genügte. Er hatte einzig die komplizierte Kriegsmaschinerie zu bedienen und damit genug zu tun. Er war der Arm, der von einem Kopf gelenkt wurde, dem er blind, taub und stumm gehorchte. Extremitäten müssen nicht sehen, hören oder reden. Sie führen aus. Ben sehnte sich danach, benutzt zu werden.

Mit grimmigem Gesicht stand er in der Früh an Deck des Zerstörers und beobachtete durch sein Hightech-Fernglas die leere See, auf der er dem Aufmarsch der feindlichen Flotte im Zielgebiet seiner erhofften Operation hatte tatenlos zusehen müssen.

Wo blieb der Schießbefehl? Hatte das Oberkommando seine Meldung vom höchstwahrscheinlichen Abschuss der Drohne durch den Feind nicht ernst genommen? Wann würde hier denn nun zurückgeschossen? Die Gelegenheit war da.

Dann zog vom Südostpassat an Chiles Küste eingefangener, dichter Nebel auf, und nahm ihm die Sicht. Missmutig gab er seinen Beobachtungsposten auf, stieg runter zur Messe und rief seine Mutter an, die Geburtstag hatte und auf die Neunzig zuging. Er war stets bemüht gewesen, ihr ein guter Sohn zu sein.

„Tank you, Ben", rief sie mit dünner Stimme, „Yes I'm fine, though my eyes, the eyes. Where are you?"

„In the South Seas…"

„Where are you?"

„In the South Seas, a maneuver", rief er nun um einiges lauter.

„Oh, Ben. There will be war. They talk about war on tv. I'm shure, I've heard … Oh, wait, someone is coming. Stay on the line."

Sie legte den Hörer mit einem Klick auf die Kommode im Flur, wo das Telefon seit seinen Kindertagen stand und entfernte sich, die Besucher laut begrüßend. Es waren Martha und Dan, die Nachbarn, die zum Geburtstagsgrillen kamen. Eine Weile hörte er der lebendigen Unterhaltung zu, die durch weitere eintreffende Gäste zunehmend lauter wurde, bis klar war, dass seine Mutter ihn vergessen hatte. Sie war ebenfalls immer bemüht gewesen, ihm eine gute, wenn auch sehr strenge Mutter zu sein. Doch fehlte ihr die Liebe, die seit Generationen den Familien von Bens Eltern abhandengekommen war. Er kannte Freundlichkeit, doch Herzlichkeit war ihm fremd. Ein wenig enttäuscht legte er auf und schob das schlechte Gefühl unreflektiert gleich seinem neuen Feind in die Schuhe, der ihm da draußen auf die Nerven ging.

Krieg hatte seine Mutter gesagt. Nun, sie sah diese Bedrohung seit Jahren, aber dieses Mal hatte sie vielleicht recht und es gab tatsächlich eine Nachricht vom Kriegsbeginn, die ihn noch nicht erreicht hatte. Operierte er bereits, von ihm bislang unbemerkt, hinter den feindlichen Linien, abgeschnitten von Information und Befehl? Verunsichert griff er sich den Feldstecher und stampfte gedankenversunken wieder an Deck. Vielleicht könnte eine Positionsveränderung Richtung Feind seine Sicht verbessern. Er hatte doch einen Spielraum, den er durch den Nebel nun vergrößert sah. Und bald schob sich sein Zerstörer von Norden mit zwölf Knoten Fahrt auf PACIFIS zu.

IV

Die Blauhelme rückten ab.

Jan Pellhörn kam dem Befehl zum Abzug Richtung Panamakanal und Karibik, wo seine Anwesenheit dringender benötigt würde, unverzüglich nach. Er rief noch bei

Leo an, um ihn zu informieren und um alles Gute zu wünschen. Dann ließ er die Diesel starten und nahm Kurs auf Nordnordost. Kurz nach dem Aufbruch schob sich ihnen von Südost ein dichter Nebel vor den Bug, in den Pellhörn mit nur leicht verringerter Geschwindigkeit hineinsteuern ließ. Seinen Informationen nach hatte er freie Fahrt. Die ihm mittlerweile bekannte Position des US-Zerstörers berührte seinen Kurs nicht. Auf dem Nebelradar war er aufgrund des Tarnkappenaufbaus aber auch gar nicht zu orten.

Das Scharmützel ereignete sich zehn Kilometer nördlich von PACIFIS und brachte beide Schiffe auf den Meeresgrund. Erstaunlicherweise gab es keine Toten. Später hieß es, die jeweils andere Seite hätte das Raketenduell begonnen. Aber es war Ben, der, seit Tagen alarmiert, sich von dem im Nebel auf ihn zuhaltenden Kriegsschiff so überrascht und bedroht sah, dass er zwei gefechtsbereite Standard-Missiles 2 abfeuern ließ. Beide trafen aus nächster Nähe Bug und Mittschiff der Korvette. Pellhörn, geschockt, aber auch nicht ohne, reagierte prompt und schickte seine beiden schweren RBS 15 Knaller los, deren Einschlag Bens Besatzung augenblicklich in die Rettungsboote trieb. Der Wassereinbruch war so massiv, dass sich der Zerstörer innerhalb kürzester Zeit auf die Seite legte und versank. Captain Cartwright setze noch eine Meldung von feindlichem Beschuss mit Totalhavarie ab und sah dann zu, dass er in ein Rettungsboot kam. Pellhörn hielt sich nur wenig länger über Wasser, gab einen sinngleichen Funkspruch ab und verfügte sich dann ebenfalls von Bord, nachdem er seine Mannschaft in den Booten sah. Als sich der Nebel verzog, dümpelten neunzehn mit jeweils zwanzig Mann besetzte Rettungsboote auf den Wellen, von denen bald zwei mit den stehenden Kommandanten aufeinander zuhielten, die sich verkniffen entgegensah´n.

V

Die offiziellen Statements der UNO und der USA hätten kontroverser nicht sein können. Die einen wiesen darauf hin, dass der US-Zerstörer seine bekannte Position unkommentiert verlassen hatte und in Volltarnung aus dem Nebel heraus die UN-Korvette ohne Vorwarnung beschossen hatte. Diese Aggression gegen die Friedensmission der Blauhelme sei ein ungeheuerlicher Vorgang und provoziere wissentlich harte internationale Reaktionen, die nun zu fordern seien. Das Department Of Defence widersprach mit recht dünner Argumentation der Anschuldigung, den Hergang aktiv herbeigeführt zu haben. Vielmehr hätte eine Bedrohung vorgelegen, der reaktiv begegnet werden musste. Informationen zufolge, gab es subversive Kontakte des Kapitäns der UN-Korvette mit den „practical outlaws by action" auf PACIFIS, die sich auf diese Weise bewaffnet und mit dem Nordkurs eine Bedrohung für Hawaii und damit den USA provoziert hätten. Als Beweis wurden Satellitenaufnahmen von Pellhörn bei einem seiner offensichtlich anregenden Besuche auf der Insel gezeigt. Dass dessen herzliche, Schulter klopfende Begrüßung aus purer Vorfreude auf die Punjabi Dishes heraus geschah, blieb dem Betrachter natürlich verborgen.

Diese Stellungnahme wiederum empörte die Leute von „Practical Action", einer Hilfsorganisation, die sich seit 1966 dem technischen Fortschritt in armen Ländern verschrieben hat und sich nun auf unterschwellige Art kriminalisiert sahen, zumal aus US-Kreisen ihr Engagement in Lateinamerika schon immer argwöhnisch betrachtet und kommentiert wurde. Andere Hilfsorganisationen schlossen sich dem Protest an, und als Chris dann noch als Augenzeugin des Geschehens Pellhörns harmlose, kulinarisch motivierte Visiten auf PACIFIS in den Social Media kommentierte und damit der US-Propaganda in die Parade fuhr, brach weltweit ein Sturm der Entrüstung los, der in der BAP-Kampagne kulminierte. „Ban American Products" griff rasch um sich und brachte bald nicht nur Schnellrestaurantketten und Hosen- und Getränkehersteller in die Bredouille, sondern traf die gesamte US-Wirtschaft und ihre Vertreter so hart, dass sie diesen Boykott als reale Kriegserklärung antiamerikanischer Kräfte ansahen und entsprechende Maßnahmen forderten.

Währenddessen saßen Pellhörn mit seinen sechzig und Ben mit seinen 320 Leuten auf PACIFIS fest, wohin sie sich gerettet hatten, und genossen vornehmlich indisches Essen aus den Großküchen der Kreuzfahrer. Bald machten sich etliche der Mannschaften nützlich und ließen sich für Arbeiten beim Aufbau der Insel oder in den Produktionsschiffen einteilen. Die anderen blieben auf dem Kreuzfahrer, in dem sie einquartiert waren, legten sich zurück und beobachteten mit Erstaunen bis Begeisterung, wie sich der zweite Ring von PACIFIS schloss. Einige erkundigten sich nach den Möglichkeiten, auf der Insel zu bleiben.

Pellhörn und Cartwright vermieden es anfänglich peinlichst, sich zu begegnen. Schließlich kamen sie bei einer offiziellen Einladung auf der Plattform beim Bier am Geländer ins Gespräch. Als sie sich nach zehn Minuten die Hände schüttelten und mit militärischem Gruß trennten, gestaltete sich für beide der weitere Aufenthalt auf der Insel um einiges entspannter. Doch blieben sie auf der Hut. Beim Militär ist Menschlichkeit Luxus und hat rein gar nichts mit dem Job zu tun. Nur ein Befehl von oben und jede Verständigung endet im Gefecht, wie einst am 24. Dezember 1914 an der Westfront, als britische und deutsche Landser sich zur „Stillen Nacht" aus dem

Schützengraben heraus die Hände schüttelten. Danach war´s dann erst richtig losgegangen.

Vor dem Hintergrund der weltpolitischen Krise, die sich durch militärische Mobilmachung, Manöver, Truppenverlegungen, der Entsendung von amerikanischen, russischen, chinesischen und japanischen Flugzeugträgern in den zentralen Pazifik und gegenseitiger Beschuldigung, einen Krieg vorzubereiten, verschärfte, gerieten die Vorgänge auf PACIFIS aus dem Fokus kritischer Beobachtung. In aller Ruhe konnte die zweite Bauphase mit dem Ziel, die Autarkie der Insel zu gewährleisten, vorangetrieben werden. Gleichzeitig plante das Expertenteam die weitere Vergrößerung des Projekts.

Mit den Meldungen von der zunehmenden Kriegsgefahr wurde PACIFIS in nur wenigen Monaten von vielen Booten unterschiedlichster Bauart und Nation angelaufen, die die geplante Freihandelszone besetzten. Viele Crews mussten an Bord bleiben, da alle Quartiere bald belegt waren. Sie vertäuten die Boote daraufhin innerhalb und außerhalb des zweiten Rings zu kleinen Inseln. Gleichzeitig begann die große Zahl der Neuankömmlinge die Versorgungskapazität von PACIFIS zu überfordern. Es gab Probleme, Fisch allerdings bald im Überfluss. Drei japanische Hochseefischer kamen einmal die Woche. Bald roch PACIFIS wie eine Fischbratküche. Überall wurde mit Strom aus H-Rotoren gegrillt, die auf keinem Deck sich munter quirlig drehend fehlten.

Die Süßwasserversorgung war eines der Probleme, das aber ein israelischer Produzent mit der Anlieferung von fünfzig mit Sonnenenergie betriebenen Miniaturmeerwasserentsalzungsanlagen löste, die weggingen, wie warme Semmeln und die einzelnen Inselfilialen zentral platziert versorgten. Die Besucher hatten offensichtlich Geld, das sie zusammenschmeißen konnten.

PACIFIS wuchs unerwartet schnell. Es wucherte ein bisschen.

Währenddessen wiesen die Großmächte schon mal auf ihre nichtatomaren Megasprengkörper hin, die sie Mutter aller Bomben, Vater aller Bomben oder sonst wie nannten und bedrohten einander, wie Hufe scharrende, hormonverblödete Platzhirsche mit ihren Imponiergeweihen, die für Dominanz und Paarungsprivileg instinktgetrieben kämpfend am Ende der Saison meist völlig entkräftet ihr Leben ließen. Generäle allerdings, in ihrer Brunft, opfern die Soldaten und nicht sich selbst. Ein Krieg kann dauern und wer sollte ihn sonst führen, fragten sie sich und gaben damit indirekt zu, dass Völker gar nicht gegeneinander Krieg führen würden, wenn sie nicht jemand dazu brächte. Von sich und ihrem rechten Handeln völlig überzeugt, umstanden sie in den Hauptquartieren die Karte dieser kleinen, einzigartigen Erde, wie ein Brettspiel und verfassten munter den aktuell effektivsten Plan des Tötens und Zerstörens potentieller Feinde – ein im Grunde völlig lächerliches, unverschämtes, Billionen Dollar teures Bubenstück. Und dann begann er – im Mittleren Osten - in der Wüste.

Fünftes Kapitel

I

Der Erste Weltkrieg, heißt es, brach durch einen dummen Zufall aus.

Als sich der Konvoi des Erzherzogs Franz-Ferdinand bei seinem Staatsbesuch in Sarajewo verfuhr, kam es zu einem Stau, wodurch der offene Doppelphaeton des Thronfolgers direkt neben einem der acht Attentäter an der Strecke, dem Gymnasiasten Gavrilo Princip, hielt, der vor dem Delikatessengeschäft Schiller sitzend gerade einen Kaffee trank. Gavrilo hatte schon nicht mehr damit gerechnet, zum Schuss zu kommen, stellte die Tasse ab, stand auf und traf aus nächster Nähe Franz-Ferdinand in den Hals und seine Frau Sophie in den Bauch, woran beide wenig später verstarben. Ihnen folgten dann 17 Millionen Menschen ins Grab. Gut, Gavrilo zündete mit dem Mut zum Heldentod und der Gutgläubigkeit junger Idealisten die Lunte an. Gelegt aber hatten sie natürlich andere, die in jenem Zeitalter des Hochimperialismus mit der Aufteilung der Welt nicht einverstanden waren und sich übrigens gut kannten. Sie waren alle verwandt in Adel und Blut.

Vor dem Zweiten Weltkrieg ging es der IG-Farben um Patentrechte in Europa, den Kapitalisten um ein Bollwerk gegen den Bolschewismus und den Nationalisten um Großdeutschland und das Ende der Reparationszahlungen. Hitler schien als markiges Großmaul - für nichts anderes hielt man ihn anfänglich - gut geeignet, ihre Sache zu vertreten. An einem weiteren Weltvernichtungskrieg, so kurz nach dem Ersten, war eigentlich niemandem gelegen. Kampflose Vergrößerung der Einflusssphäre war noch okay gewesen. Aber damit, dass Hitler dann richtig ausflippte, hatten seine Steigbügelhaltern und Financiers in Europa und Amerika nicht gerechnet. Machtergreifung, Führertum, Rassen- und schließlich Größenwahn. Sie ahnten nichts von der verbohrten Brutalität des Faschismus und vom Pervitin, heute Crystal Meth genannt, das Dr. Morell, seit 1936 Hitlers Leibarzt, ihm am Ende mehrmals täglich verabreicht haben soll. Sein progressiver Wahnsinn und der seiner Achsenkumpel in Italien und Japan kostete schließlich 27 Millionen Soldaten und 53 Millionen Zivilisten das Leben.

Danach war sich die Staatengemeinschaft eigentlich einig gewesen: nie wieder Krieg, was aber die Niederländer bereits 1947 in Indonesien, sie wollten ihre Kolonie zurück, und die Amerikanern 1950 in Korea wegen der Kommunisten stumpf in den Wind schlugen, um wieder loszuballern. Mit dem Horror des Vietnamkriegs entstand dann die Friedensbewegung.

„Stell dir vor, es ist Krieg und keiner geht hin!" war das vielbeachtete Motto.

Doch hatte mittlerweile dieser weltweite Aufruf zum Wehrdienstboykott aus den Siebzigern für die Militärs und ihre Minister längst seine Bedrohung verloren. Die Armeen hatten wieder guten Zulauf und vor dem Hintergrund moderner Kriegsführung wirkte er geradezu naiv.

„Mit der Drohne geht's auch ohne" oder „The drone does it alone" war die Antwort der Generäle. Der „Joystickkrieg" war seit dem Irakdebakel eingeübt und machte ihnen wohl Spaß, wie das Wort schon sagt. So ging auch alles ganz schnell.

Der Auslöser für den Endkrieg soll der Beschuss eines amerikanischen Flugzeugträgers im Golf von Oman gewesen sein. Andere Stimmen behaupteten, ein auf ihm landender Bomber sei nach einem Einsatz im Persischen Golf explodiert. Ein Piloten- oder Materialfehler. Vielleicht stand auch nur Munition im Wege.

Auf einem benachbart stationierten Zerstörer der Zumwaltklasse registrierte man jedenfalls die Explosion und fragte nach. Die unklare Antwort des durch das Chaos an Deck abgelenkten, ein wenig überforderten Kapitäns drehte sich dann um die Begriffe disaster, military activity und Iran, woraus der Kommandant des Zerstörers dann einen möglichen Angriff Irans konstruierte und sich vom Pentagon den Befehl zu einem moderaten, weil vielleicht doch ungerechtfertigten, Vergeltungsbeschuss mit einem

Tomahawk-Marschflugkörper in die Große Salzwüste einfing. Dabei wurde das Dorf Farahzad versehentlich dem Erdboden gleich gemacht, der nur aus Sand bestand. In dem Bombentrichter verschwand dann auch die dort ansässige Großfamilie, die vom Wüstentourismus gelebt hatte. Iran reagierte prompt und beschoss nun den bereits lädierten, vorübergehend kampfunfähigen Flugzeugträger, den man für den Angriff verantwortlich machte, da die Rakete aus seiner Richtung gekommen war. Den Tarn-kappen-Zumwalt-Zerstörer hatten sie nicht auf ihrem Radarschirm. Wie auch?!

Weitere Militäraktionen auf Knopfdruck folgten, Alli-anzen griffen, langwierige Soldatentransporte wurden unterlassen, dafür fehlte einfach die Zeit und rasch wurden die Kaliber größer. Alles lief, wie am Schnürchen.

Die erste Atombombe verdampfte den See Genezareth und das letzte bisschen Übersicht der Militärs.

II

Chris´ „Friendship-campaign" wuchs rasch zur größten Friedensaktion aller Zeiten heran und brachte Milliarden Menschen und ihren Protest, der allerdings die Heeres-leitungen nicht erreichte oder nicht mehr störte, auf die Straßen, bis sie der Nuklearkrieg in die öffentlichen und vielen privaten Bunker trieb, in denen es mittlerweile auch für kleines Geld zumindest eine Pritsche gab. Vivos, Utah Shelter Systems oder Ultimate Bunker waren bekannte Marktführer und boten die unterschiedlichsten Modelle an.

Die letzten Megatonnen atomarer Sprengkraft in Form mehrere Wasserstoffbomben fokussierten ihr Inferno auf den Yellowstone-Nationalpark - man hatte schon damit gedroht - worauf der bis dato unter ihm schlummernde Megavulkan tatsächlich eine letzte geologische Antwort auf die Zerstörungswut auf der Erdoberfläche gab und zehn der fünfzig vereinigten Staaten unter sich begrub; übrigens weniger, als zu befürchten war, da sich nur die obere Magmakammer entlud und die weit größere darunter unerwartet verschloss.

Der ganze nukleare Showdown dauerte gerade mal vier Wochen. Dann hatten alle ihr Plutonium mehr oder weniger verschossen. Das war dann auch der Moment, an dem nun selbst die Generäle dumm aus der Wäsche guckten. Zwei, drei brachten sich um. Die anderen verkrochen sich.

Danach senkte sich bleierne Ruhe auf das Erdenrund. Es gab noch einige Nachböller, wie nach einem Silvesterfeuerwerk. Aber das war´s. Erledigt.

Auf der Nordhalbkugel setzte nun das große Sterben ein. Mikroben würden dort wohl überleben können, nicht aber die Pflanzen oder Menschen und Tiere. Radioaktive Schwaden vergifteten Luft und Land. Durch die Zerstörung der Ozonschicht erreichte die UV-Strahlung ungehindert die Erdoberfläche und schließlich ließ der Frost in der anhaltenden atomaren Winternacht alles Leben erstarren. Ein tödlicher Mix. Erst nach zehn Jahren wäre eine Verbesserung der Lage in weniger verseuchten Gebieten zu erwarten, hieß es, ein Zeitraum, den nur ein kleiner Teil der Menschheit zu überbrücken im Stande sein würde. Es sah nicht gut aus.

Am längsten hielten sich noch die reichen Survivors in ihren versteckten, autarken Bunkerpalästen, bevor sie von rohen Hungernden ausgegraben und „verfrühstückt" wurden. Die Lagepläne ihrer Rückzugsorte ließen sich handeln, da dort in der Regel Nahrung zu finden war. Gold war nun die gängige Währung, denn alle anderen waren mit den Banken verbrannt.

Die Südhalbkugel, auf der es keine Atommächte gab, blieb vom Endkrieg relativ verschont. Sie wurde schnell zum Ziel des Exodus´ der Bevölkerung aus dem Norden, denn Südamerika, Südafrika und Australien waren nuklear nicht bombardiert worden. Das Material hatten die Generäle zügig im Norden verbraucht.

Am wenigsten bekam der Südpazifik ab, dort wo PACIFIS lag und lebte. Es wurde ein wenig diesig und die Temperatur fiel um knapp zwei Grad im Mittel. Aber die Winde standen günstig und brachen der Sonne eine Bresche durch den Staub, die, wie ein Licht aus Gottes Hand den Flecken Erde der Gerechten segnete: die Arche Noahs, nur ohne die Tiere, bis auf ein paar Hunde, Katzen, Nagerli und Vögel, wovon die meisten Hühner waren. Die Ratten hatten es natürlich auch geschafft. Wale kamen.

Die Inselbevölkerung legte kurz nach Kriegsbeginn noch einmal kräftig zu, über 6000 Menschen, nun auch einige Frauen und Kinder. Fluchtpunkt PACIFIS wurde für viele Berufs- und Hobbynautiker zur Parole und hatte ihren Kurs bestimmt. Die Chefs auf der Bohrinsel würden sich etwas einfallen lassen müssen, sollte sich ihr Werk nicht selbst zerstören. Der Laden rief nach straffer Planung. Noch lagen sich zwar alle friedlich in den Armen, selig, unter den Geretteten zu sein. Doch konnte diese Stimmung plötzlich kippen, wenn sich im Mangel wieder jeder selbst der Nächste war.

Die Leitungsrunde trat zusammen. Auch Jan Pellhörn und Bernard Cartwright waren geladen, sowie alle Werksleiter der Produktionsschiffe. Die Themen waren klar: Wasser, Ernährung, Energie, Abfall und Fäkalien, ärztliche Versorgung, Recht und Ordnung, Kommunikation, Registrierung der Inselbewohner und ihre Einbindung in Arbeitsprozesse sowie die weitere Entwicklung auf der Basis der Möglichkeiten. Wo es ging, klärten die jeweiligen

Experten über den momentanen Zustand auf. Andere Bereiche mussten erst in Fachgruppen bearbeitet werden.

Hoch her ging es, als der Vorschlag von Leo, Pellhörns und Cartwrights Soldaten als Inselpolizei einzusetzen, diskutiert wurde. Schließlich einigte man sich darauf, sie als „Kommunikatoren" auszusenden, mit ihnen eine „Volkszählung" durchzuziehen und erste Gesetzesblätter zu verteilen. Ihre Uniformierung sollte beibehalten bleiben, um den offiziellen Charakter zu unterstreichen. Geplant war der massive Einsatz aller 380 Leute, um flott voranzukommen. Später würde man ihre Anzahl wieder reduzieren können.

Pellhörn und Cartwright standen während der ganzen Diskussion abseits daneben und sagten nichts. Sie hatten bereits einige Gespräche mit Leo, Gordon und Chris geführt und waren instruiert. Ben hatte sich schnell mit der Realität auf der Insel und seiner offensichtlichen Rettung angefreundet, und wenn er auch nicht direkt vom Saulus zum Paulus konvertierte, so hatte sich doch in seinem Kopf ein Schalter umgelegt, von dem er selber nie geglaubt hätte, dass er tatsächlich vorhanden war. Ben begann erstmals in seinem Leben, neben Mutter, die wohl nicht mehr war, einen anderen Menschen zu mögen. Er freundete sich mit Pellhörn an.

Fieberhaft arbeiteten die Rechtsexperten in den folgenden zwei Wochen daran, der Insel eine Ordnung auf den Leib zu schneidern, mit der es sich leben lassen würde: alle hatten anzupacken – und Kriminelle wurden auf See ausgesetzt. Zwischen diesen Polen spannte sich ein leichtes, aber festes Netz von Regeln, das nicht mehr zur Debatte stand.

‚Notstandsgesetze', dachte Leo, wusste aber auch nichts Besseres.

III

Harald Senft, der die Augen stets offen hielt und nach wie vor Stammgast No. 1 in „Knuts Kneipe" war, hatte es kommen sehen.

Als der Krieg im Iran begann, packte er schon mal den Seesack, mit dem er immer verreiste, holte sein Erspartes von der Bank, es waren immerhin dreißig Mille und kaufte sich drei Stapel Krügerands. Eine Woche später buchte er einen One-way-Flug nach Kapstadt.

‚Bloß weit weg', hatte er sich gedacht, ‚und für Südafrika brauchste kein Visum.'

Als er nach weiteren drei Tagen eincheckte, war sein Flieger einer der letzten, der Berlin verließ. Das Inferno hatte auf Europa übergegriffen. Es ging ja alles so schnell, ein automatisierter Ablauf, von Köpfen installiert, die erfolgreich ausgeblendet hatten, wie weh es tut, bevor die brennende Kalotte birst.

In Kapstadt blieb Harald zwei Wochen, erstaunt, wie knapp er entkommen war, schaute sich alles an, trank abends sein Bier an der Hotelbar und hatte so gut wie keine Kontakte. Einmal nahm er ein indisches Mädel mit und bezahlte zu viel. Dann kaufte er sich einen älteren Subaru Outback, in dem er schlafen konnte und der ihn auch durchs Gelände bringen würde und machte sich an er Südküste entlang auf den Weg nach Port Elizabeth. Auf halber Strecke lag Mosselbaai, eine übersichtliche Buren-stadt am Westkap mit Hafen und Strand. Er nahm sich ein Zimmer im „Protea Hotel Santos Beach" und verfolgte beunruhigt die Kriegsberichterstattung. Wann würde die Apokalypse Mosselbaai erreichen und alles vergiften? Aber noch filterte hier die größte Meerwasserentsalzungsanlage Südafrikas. Kurz fragte er sich, ob dort wohl ein Dispatcher gebraucht würde, hatte aber noch genügend Gold zum Leben. Morgens ging er in die Fitnessabteilung des

Hotels, er machte seit Jahren dieses Kiesertraining, was im „Knuts" außer Leo niemand wusste oder vermutet hätte und abends ins „Sea Gypsy Cafe" am Hafen, um sich zu betrinken. Nach zwei Wochen und beginnender Routine dachte Harald schon daran, weiterzufahren, als er im „Gypsy" einen älteren deutschen Südafrikaner kennenlernte. Der war vor Jahrzehnten eingewandert und ähnlich wortkarg, wie er selbst, was den Kontakt aber umso angenehmer machte. Wenn zwei Geschwätz nicht mögen, kommen sie ins Gespräch. So blieb Harald noch eine weitere Woche. Am Vorabend seiner geplanten Abreise, traf er sich mit Hermann, wie seine Bekanntschaft hieß, im „Gypsy" auf einige letzte Biere. Ein Klotz von Mann am Nebentisch in schwarzrotgestreifter Hose und weit ausgeschnittenem Muskelshirt fiel auf. Der suche eine Crew für'n Trawler, wusste Hermann. Wolle wohl nach Südamerika, hieße es.

Ganz entgegen seiner Art, aber aus einer gewissen Überlegung heraus, sprach Harald den Hünen an. Eine halbe Stunde später hatte er als Maschinist auf der „L'Ondine" angeheuert.

IV

Die „L'Ondine" war ein um- und ausgebauter Fischtrawler für Abenteuertouristen, die gern mal selber die Netze einholen wollten. Sie hatte die Osterinseln verlassen und Kurs auf PACIFIS genommen.

Geert Klopper, ein überdimensionierter Bure, größer, muskulöser, kantiger, blonder, als die meisten, vierzig, früh geschieden, keine Kinder, stand am Ruder. Er kam aus Mosselbaai, war angelernter Fischer und gehörte der „Tyrannus Apostolic Church of South Africa" an, der von Kritikern vorgeworfen wurde, eine Art „Fastfood-Religion" zu praktizieren. Ihm war das völlig egal. Die Messen waren Musikshows, die Gemeinde war laut und lustig und in wenigen Jahren rasant gewachsen. Da gehörte er gern dazu. Geert hatte auch einen berühmten, wenn auch entfernt verwandten Vorfahren. Henning Johannes Klopper war Gründungsmitglied und von 1918 bis 1924 Vorsitzender des „Afrikaner Broederbonds" gewesen, ein Geheimbund, der die nationale Sache der Buren vertrat. Geert war stolz darauf und betrachtete seinen Rassismus als Erbe, das es zu bewahren galt.

Zum Pariser Eigner des Fischtrawlers, für den Klopper das Boot im Auge behalten sollte, war der Kontakt abgebrochen. Wahrscheinlich hatte der sich zu spät aus dem Staub gemacht, um nicht selbst zu Staub zu werden, denn die Kapitale Frankreichs bedeckte nun eine Trümmerwüste mit einem riesigen, verknäulten Eisenklumpen in der Mitte, der einst ein 312 Meter hohes Wahrzeichen gewesen war. Nach sehr kurzer Wartezeit entschied Geert, dass Monsieur wohl nicht mehr kommen würde, da er sicher heimgegangen war, nahm das Schiff einfach in Besitz, er hatte die Schlüssel, suchte sich zehn Leute und stach westwärts in See, damit ihm auch wirklich nichts und niemand mehr dazwischenfunken konnte.

So war er über die Magellanstraße und Punta Arenas in den Südpazifik geschippert, hatte um die Osterinseln herum gefischt und dort wieder von PACIFIS gehört, das vor einiger Zeit auch in Südafrika Schlagzeilen gemacht hatte. Ein wortkarger Typ von der Besatzung erwähnte, dass man es erreichen könnte, gute 500 Seemeilen westwärts. Da wollte Geert mal nachschauen. Man hatte ja Wunder was davon gehört. Milliarden sollen im Spiel gewesen sein, organisiert von irgendwelchen Spinnern und Weicheiern.

‚Den Starken gehört gerade jetzt die Welt‘, dachte er sich, ‚und ich bin einer davon. Also wird da was laufen.‘

Als er nach einigen Tagen PACIFIS auftauchen sah, war er verblüfft und beeindruckt von der Größe der Insel. Wer so etwas hinkriegt, war sicher kein einfacher Gegner. Er würde besser vorbereitet zu Werke gehen müssen. An eine Machtübernahme in Form eines Putsches, wie er sie sich auf der Anreise zusammenphantasiert hatte, war erstmal nicht zu denken.

Ihm wurde am äußeren Ring von einem der Hafenmeister ein Liegeplatz angewiesen und die Orientierungsbroschüre für Neuankömmlinge übergeben. Von dem erfuhr er auch von der ersten Inselvollversammlung am Abend und hatte gleich das Gefühl, zur rechten Zeit am rechten Ort zu sein, wie es sich für einen Sieger gehört. Beruhigt haute er sich in seiner Koje aufs Ohr. Er hatte die Nacht kaum geschlafen.

V

Alle Pacifiker waren an Deck der vier Schiffe, zwei Tanker, ein Container Carrier und ein Kreuzfahrer zusammengekommen, die ein inneres Drittel begrenzten und schauten erwartungsvoll zur Bohrplattform hinüber, auf der Leo nun ans Mikro trat. Es war das erste Mal, dass es eine zentrale Ansprache gab.

„Hi to you all, wellcome on PACIFIS. We are alife."

Jubel brandete ihm entgegen. Die Stimmung war gut.

„But this life, I´m sorry, must be organized. That is the reason, why we are here tonight. There are big problems to face in the near future, even bigger ones, if we don´t react now."

Schlagartig wurde es still.

„We´re living on a vortex in the middle of the sea, and whatever foul we do, will stick to us." Nach diesem feinen Bild zum Auftakt, folgte Leos Ansprache, in der er eindringlich beschrieb, wie sehr es bei dem Inselexperiment PACIFIS auf jeden einzelnen und seine Mitarbeit, Hilfsbereitschaft und Disziplin ankam. Das Thema Fäkalien mache das Problem besonders deutlich: Der Wirbel zog sie in die Mitte und würde bald mit dem Plastik eine zähe Kloake entstehen lassen, die es zu verhindern galt. Aber auch der Bildung „sozialer Müllhaufen" sozusagen, müsse sich jeder entgegenstellen, da Trittbrettfahrer oder gar Kriminelle schnell zum Kristallisationspunkt um sich greifenden Streits werden könnten. Jene, die sich hartnäckig als solche erwiesen, würden verjagt, wie bei den Aborigines die Ausgestoßenen, auf die der Stock gezeigt worden war. Sie würden auf See ausgesetzt, um auf den Pitcairns oder sonst wo das Leben zu finden, dass sie im Stande waren zu führen, denn ein Gefängnis oder Strafvollzug in irgendeiner Form sei auf PACIFIS nicht geplant.

Leo beschrieb noch die Knackpunkte in der Versorgung der Inselbewohner und endete mit der Ankündigung der „Volkszählung" durch die uniformierten „Koordinatoren", die in den nächsten Tagen über die Insel steigen würden, um zu registrieren, wer wo mit welchen Fähigkeiten sinnvoll für den Aufbau und Erhalt PACIFIS´ einsetzbar war. Mediziner fehlten. Von jedem aber würde erwartet, dass er vier Stunden an vier Tagen für die Gemeinschaft zur Verfügung stehen müsse. Diese Arbeit, und damit käme er zum Schluss, sei die Währung der Insel, für die man eintauschen könne, was man brauche. Der Kibbuz ließ grüßen.

Das fanden alle „fair enough" und applaudierten.

„And now we have good reason to party. Stay and enjoy", rief Leo und schaltete auf eine Worldmusic-compilation um, während an dreißig Getränkeständen zumeist professionelle Barkeeper gestenreich begannen, die Partygäste zu bedienen.

Unter ihnen stand Geert Klopper und starrte zur Plattform hinüber, auf der sich geschätzte fünfzig Leute zuprosteten. Die Rede war für ihn natürlich eine Drohung gewesen. Aber damit konnte er umgehen. Anders Denkende hatten stets zu seinem Alltag gehört. Und auch hier, davon war er überzeugt, würden nur wenige Gleichgesinnte mit guter Durchschlagskraft genügen, um unter diesen Leisetretern aufzuräumen.

‚Waffen wären nicht schlecht‘, dachte er und steckte seine Hände in die Hosentaschen. Er bemerkte, wie ihn diese lustige Privatparty dort drüben auf der Plattform mit Buffet und Frauen immer saurer machte. Er mochte keine Bosse neben sich und die dort waren offensichtlich die der Insel. Am liebsten hätte er mit irgendeinem „Sack" in seiner Nähe einen Streit provoziert, um sich abzureagieren. Er unterdrückte aber seine aufkeimende Wut, holte sich ein Bier vom nächsten Stand, nahm einen hastigen Schluck und wandte sich dann wieder der Plattform zu. Ein Mann gesellte sich zu ihm. Sie sprachen kurz miteinander, prosteten sich dann mit den Bierbechern zu, tranken und verschwanden zusammen in der Menge.

Klopper hatte vor, sich die Plattform von der anderen Seite anzuschauen und begann sie mit seinem Crewmitglied auf dem inneren Schiffsring zu umrunden. Bald hatten sie die Feiernden hinter sich gelassen und bekamen aus der Distanz einen guten Blick auf die Party. Klopper entschloss sich, abzuwarten. Vielleicht gab es etwas zu entdecken. Er vertraute seinem Instinkt. Sie suchten sich einen bequemen Beobachtungsposten an einem Stapel Kisten und lehnten sich zurück.

Gegenüber wurde gelacht, geraucht und getrunken und es war schon tiefe Nacht, als sich die Letzten in ihre Kojen und Kajüten verzogen und nur noch das leichte Summen der Inselindustrie in den Schiffsbäuchen mit dem lauen

Wehen des Südostpassats als symphonisch sanftes Rauschen von Technik und Natur über der Insel lag.

Auch die Plattform hatte sich bis auf eine Person geleert. Sie lehnte an der Reling. Klopper gab sich noch zehn Minuten. Dann sollte es das auch für ihn gewesen sein.

VI

Leo saß auf seinem Bett und starrte in die verstummte Nacht. Chris war mit zu Gordon gegangen, der auf der anderen Seite der Plattform wohnte. Seit längerer Zeit teilte sie sich wieder auf. Diesmal störte es Leo ein wenig. Nicht, dass er es ihnen nicht gönnte, aber der Tag war für ihn trotz der gelungenen Feier unbefriedigend verlaufen. Er hatte verstanden, dass er sich überhaupt nicht darüber im Klaren gewesen war, als ihn das Projekt ansprang, wie es sich mit Menschen leben würde, die von ihm etwas erwarten, das er gar nicht geben wollte. Da war er in eine Rolle von einem Stück geschlüpft, das aufzuführen er wenig Lust verspürte. Er wollte kein Politiker sein. Das Ganze wirkte auf ihn so abgeschmackt, wie ein schlechter Film. Und dieser „beschissene Endkrieg" hatte auch noch tatsächlich stattgefunden und ihn und alle anderen auf dieser Insel eingesperrt. Darüber hätte er gern mit Chris gesprochen.

Er stemmte sich aus dem Bett hoch, schlüpfte in die Shorts und trat auf die Plattform. Jemand stand an der Reling und hielt eine Buddel im Arm. Es war Werner. Leo stellte sich neben ihn.

„Rihanna im Bett?" fragte er und bekam die Flasche, aus der er einen großen Schluck kippte. Kognac.

„Ja!" Werner ließ rein rhetorische Fragen zu, anders als einige Gewohnheitsstänkerer, die sie gern für eine Zurechtweisung nutzen, indem sie mit einem gedehnten

„Nee, du … " beginnen und mit Unsinn antworten. Aber Werner war nicht so.

„Oh, Mann!", stöhnte Leo.

„Was is´?"

„Diese kaputte Welt! Das war nicht geplant. Wir hängen fest. Ausweglos. Is´ doch Mist, das Ganze." Er gab Werner die Flasche.

„Klar. Haste recht. Unsere Robinsonade ist komplizierter geworden. Bin gespannt, was und wer noch kommt."

„Genau. Könnte noch ein richtiger Krampf werden. Hatte mir ein unbeschwertes, gleichgesinntes Völkchen vorgestellt und keinen Meltingpot von Nuklearflüchtlingen. Echt dumm gelaufen!"

Werner nahm die Flasche vom Mund ohne getrunken zu haben und hob die Stimme.

„Aber … !"

„Was, aber?"

„Aber … ‚Hurra, wir leben noch'."

„Toll!"

„Simmel, Nachkriegsroman."

„Passt … ", Leo beugte sich über die Reling. Den Titel kannte er, hatte das Buch aber nicht gelesen.

„Muss uns erst mal reichen. Prost." Werner hob die Flasche.

„Ja, Prost Mahlzeit", schraubte Leo sarkastisch mit Nachdruck und richtete sich auf, lenkte aber gleich ein. „Okay, hast schon recht. Jetzt da oben auf der Nordhälfte zu sein … Himmel."

„Eben!" Werner führte die Flasche langsam zum Mund.

„Die Sterbenden, die Leichenhaufen, die Grausamkeit der Überlebenden in den Ruinen, diese ganze unendliche Katastrophe", Leo holte tief Luft, „… nee!"

„Eben", wiederholte Werner sich, nahm dann einen guten Schluck und pendelte die Flasche am Hals zu Leo, der sie wortlos nahm und trank. So ging es bis zur Neige hin und her. Dann umarmten sie sich kraftlos und verzogen sich ins Bett.

„Schwule Säufer", kommentierte Klopper seine Beobachtung. Da würde sich was machen lassen. Dann weckte er den neben ihm sitzenden Schläfer mit einem Tritt gegen die Schulter. Geräuschlos schlichen sie den langen Weg zur ‚L'Ondine' zurück.

VII

Die Explosionen der relativ kleinen amerikanischen Bomben auf Hiroshima und Nagasaki mit über 100.000 Soforttoten unter der Zivilbevölkerung waren entgegen aller Hoffnung und Beteuerungen keine Warnung gewesen, sondern hatten sich als die frühen, fast vergessenen Startschüsse für die aktuelle, humane Selbstzerstörung durch die Militärs entpuppt. Mit verblödeter Arroganz und hirnloser Zerstörungswut, die Vlad Draculeas Grausamkeit weit in den Schatten stellten, hatten sie Milliarden und sich schließlich selbst gepfählt. Nun faulte da ein erdumschließender Wald von aufgespießten, zerfledderten Leichen.

Die rasch einsetzende Massenflucht der Menschen von der Nord- auf die Südhalbkugel war begleitet von unsäglicher Brutalität und viehischer Entmenschlichung. Wie ein riesiger, brachialer Heuschreckensturm fiel „die Erste Welt" über „die übrig Gebliebene" her, als wolle sie die Jahrhunderte währende Bluttat der Kolonisation endlich grausamst vollenden. Der Verlust aller materiellen und ideellen Werte für den Großteil der Menschheit, stürzte sie in kürzester Zeit in einen mörderischen Überlebenskampf, den so keiner für möglich gehalten hatte. Das zivilisierte Sozialgefüge kippte, wie ein überdüngter Teich an einem heißen Sonnentag. Die sich global rasend schnell ausbreitende Tyrannei der Stärkeren war die Fleisch gewordene Grausamkeit der Kernspaltung, derer sich die Mächtigen und ihre kriegslüsternen Waffennarren nie hätten bedienen dürfen. Zu Schimpansenclans mutiert, überfielen sich Menschen, wie die Affen im Dschungel und zerrissen sich kreischend blutig in der Luft.

Einige schafften es auf die Schiffe, auf denen das Morden weiterging. Bald waren die Meere voll von marodierenden, verdurstenden Zombies und es war nur eine Frage der Zeit, wann sie PACIFIS entdecken und aufs Korn nehmen würden.

Harald hielt sich zurück. Leo wiederzutreffen hatte noch Zeit.

‚Erst mal gucken‘, sagte er sich und bedauerte nun, PACIFIS Klopper gegenüber überhaupt erwähnt zu haben. Seine aggressive Haltung war offensichtlich. Nicht, dass sich der Bure laut geäußert hätte, aber seine dunklen Blicke, die angespannte Körperhaltung und das versteckte Getuschel mit Henk Bosman aus der Mannschaft, mit dem er sich kürzlich angefreundet hatte, verrieten deutlich sein Misstrauen und seine Ablehnung PACIFIS und den Bewohnern gegenüber. Er führte etwas im Schilde und Harald beschloss, herauszufinden, was es war. Die Gelegenheit würde sich schon bieten. Kloppers Adlatus war geschwätzig und nicht der Hellste. Ein paar kritische Äußerungen über die Insel würden sicher reichen, um etwas zu erfahren, oder sogar in irgendwelche Pläne eingeweiht zu werden. Wenn Klopper wirklich Kriminelles vorhatte, würde er vielleicht einen mürrischen Deutschen rekrutieren, der dem Faschismus Hitlers noch nahe stand. Deshalb dachte Harald kurz daran, sich ein Hakenkreuz in die rechte Armbeuge zu punktieren, verwarf aber die Idee

sofort wieder. Zu albern, zu offensichtlich und abwasch-
bar. Aber die Schiene war gut.

Die Gelegenheit mehr zu erfahren, ergab sich prompt
und anders, als erwartet in der dritten Nacht nach ihrer
Ankunft. Harald hatte sich am Heck der L'Ondine ein
leicht nach Fisch und Seetang müffelndes Nest in einem
der beiden Fangnetze gemacht, in dem er nun hellwach lag
und vergeblich nach Sternen Ausschau hielt. Mittlerweile
hatte ein Dunstschleier auch die Südhalbkugel eingehüllt,
der jedoch über PACIFIS am Tag für einen matten
Sonnenschein ausreichend transparent geblieben war, um
die Solarpaneelen zu betreiben. Harald parfümierte sich
ganz absichtlich mit dem Fischgeruch, der ihm die Leute
vom Halse hielt, ihn aber nicht störte. „Einem Jeden
riechen seine eig'nen Düfte wohl", sagt das Sprichwort.
Die Nase macht's.

Während er also in dieser Nacht putzmunter gegen vier
- er hatte nie viel Schlaf gebraucht und holte ihn sich
zudem aus alter Gewohnheit auch gerne über Tag - in
seiner Stinkemolle lag, um die jeder einen unbewussten
Bogen machte, tauchten Klopper und sein Schatten, dieser
Bosman, am Heck der L'Ondine auf und begannen eine
gedämpfte, aber für Harald gut verständliche Unterhaltung, in der Klopper schnell auf den Punkt kam.

„Yeah, sure. There're the right straight bunches on
boats around, we probably could coopperate with.
Certainly all bastards, but we fucking need help to conquer
this heap of shit."

„Yeah, sure! - And the crew …?", fragte Bosman
zögernd nach. „ I mean, there are some, like Bakker … ."

„No, too dangerous", unterbrach ihn Klopper. „One
jerk amongst them is enough, to wreck the whole thing. We
need support from outside, those, who wonna get in here,
right?"

„Right."

In Harald wogte ein Entscheidungskampf.

,Mich jetzt outen, und es wäre der perfekte Moment, um ganz nah an dieser Verschwörung zu sein, oder Leo sofort kontaktieren, um den ganzen Klopperdrecks im Keim zu ersticken? Und was ist mit Bakker? Ein dritter Mann?', fragte er sich und bekam postwendend die halblaute Antwort von oben.

„Wij worden afgeluisterd, Jongens." Bakker, ein korpulenter Hüne, der gern ins Burische fiel, stand breitbeinig über ihm auf dem Netzwinschkasten und pikste mit beiden Zeigefingern in seine Richtung, wie Oliver Hardy, nur über-haupt nicht lustig.

„Ey, Bakker, shut up." Harald räkelte sich, als sei er gerade aufgewacht. ,Mist, ein drecks Wachposten, haste nich´ mitgerechnet. Und was? Rausquatschen, Abhau´n?' Seine Gedanken rasten.

„You didn't sleep, you bastard. – Hij slaapt niet, hij was wakker", rief Bakker gedämpft und hob die Arme zum Absprung.

,Abhau´n!' Als der Kollos über ihm in der Luft war, rollte sich Harald erstaunlich flott aus dem Netz, um zu verhindern, von dem Fleischberg zerquetscht zu werden, fiel aufs Deck und rannte los.

„Fuck. Grab him", fluchte Klopper und Bosman polterte los.

Nach wenigen Metern sprang Harald auf den kurzen Steg, der die L´Ondine mit dem Tanker verband, an dem sie angelegt hatte und verschwand gleich darauf durch die neu eingeschweißte Tür im schwarzen Bauch des Riesenschiffs, hoch, wie eine Kathedrale, die in der Nacht menschenleer und unbeleuchtet war. Er rannte weiter ins Dunkel hinein, nun mit Bakker auf den Fersen, der mit seinen langen Beinen eine gute Grundgeschwindigkeit vorlegte. Ihm folgte mit kurzem Abstand geräuschvoll Bosman.

‚Mein lieber Kieser', dachte Harald und beschleunigte, was seine vernachlässigten Lungenflügel hergaben. Auf der anderen Seite war der Fahrstuhl. Den Weg dahin hatte er abgespeichert. Bis zur Treppe, dann links und zwanzig Meter weiter lag der Ausstieg zum Lift. ‚Wenn er da ist, bin ich raus!'

Aber er klebte weit über ihm an der Schiffswand. Geistesgegenwärtig drückte er den Callbutton, rutschte die fünf Meter lange Stahlleiter runter auf die blanken Plastikpontons - mit dem Sand für die Außensektoren hatte es nach Kriegsbeginn nicht mehr hingehauen - und rannte breitbeinig auf der leicht federnden Fläche los. In neunzig Metern Entfernung wartete der nächste Fahrstuhl ganz unten.

„The other lift ... it´s quicker inside", rief jetzt der schwer atmende Bosman hinter ihm vom Austritt in die Nacht. Ohne anzuhalten blickte Harald zurück. Seine beiden Verfolger waren verschwunden. Abrupt blieb er stehen.

‚Frechheit siegt vielleicht, aber Dummheit eher selten', dachte er und sprang zurück zum Fahrstuhl, der sich ihm langsam entgegensenkte.

Als der gläserne Lift abhob, stolperte Klopper auf die Plattform und drückte wie wild auf den Callbutton. Dann versank seine Wut verzerrte Visage im Dunkel der Nacht.

‚War knapp ... ', Harald atmete prustend aus, ... eine Liftfahrt Vorsprung, vielleicht zwanzig Sekunden. Die waren nicht schneller als ich. Müsste es zur Plattform schon schaffen.' Dort hoffte er in Sicherheit zu sein. Er sah Bakker und Bosman in den Fahrstuhl steigen, und er war noch nicht ganz oben. ‚Mist, vielleicht weniger als zwanzig', dachte er mit leisem Zweifel und nutzte die letzten Höhenmeter für die hyperventilierende Belüftung seiner Kondensat verklebten Lunge. Dann öffnete sich die Glastür und Harald rannte los, von Deck zu Deck, treppauf, treppab und blickte weder rechts noch links aufs weite Meer, das sich vom Mondlicht sanft erhellt im Dunst des Horizonts verlor.

Für eine Weile noch hörte Harald hinter sich auf den schlafenden Decks das Gepolter der ihn durch die Nacht verfolgenden Buren, bis es mit dem markanten Schleifer einer Bootsmannpfeife plötzlich abbrach. Er stoppte keuchend seinen Lauf. Mittelstrecken hatten Harald nie gelegen. Er schaute zurück und versuchte etwas in der Dunkelheit, die nur wenige, schwache Lichtquellen erhellten, ausfindig zu machen. Schließlich entdeckte er zwei Gestalten, die sich schwerfällig entfernten. Weiter hinten stand Klopper. Er hatte sie offensichtlich zurückgepfiffen.

‚Klar. Die werden abhauen wollen.‘ Schwer atmend ging Harald eilig weiter Richtung Bohrinsel, die von den drei direkt anstoßenden Containerfrachtern nur über Stahltreppen zu erreichen war.

Als Harald auf die schwach beleuchtete Plattform trat, war sie menschenleer. Alles schlief. Aber es pressierte. Vielleicht war Klopper doch noch zu schnappen, um zu verhindern, dass er die Bluthunde für seinen Umsturz auftreiben konnte? Es war Zeit für den Alarm.

In den Zentralaufbau führten einige Türen, hinter deren Bullaugen kein Licht brannte. Harald wählte die erstbeste, klopfte nicht an, sondern ging gleich hinein. Erstaunt stand er in einem dunklen Raum, dessen Einrichtung er nur erahnen konnte. Er hatte mit einem Flur gerechnet.

„Yes, who is it?“, fragte eine Männerstimme rechts von ihm aus dem Dunkel heraus.

„Sorry, my name is Harald. I´m looking for Leonard Oda-Windchief.“

„Wrong cabin. What do you want from him?“

„I have a message.“

„A message, now? In the middle of the night?“

„Maybe it´s important.“

111

„Maybe? Come on! What is it?"

„Well", Harald zögerte einen Moment, entschloss sich dann aber doch, gleich auszupacken. Die Zeit drängte. „I have good reason to believe, that PACIFIS could be attacked in the near future."

Eine Tischlampe ging an. Gordon saß auf seinem Bett und strich sich durchs Haar. Hinter ihm lag Chris im Tiefschlaf. Sie hatte sich zur Wand gedreht.

„Are you joking?"

„Not at all."

VIII

Leos Wiedersehensfreude war groß, sein Erstaunen noch größer. Harald war aufgetaucht, völlig unerwartet, wie ein Geist aus einem verflogenen Leben und der auch jetzt, wie stets zuvor, ein wenig distanziert, nur Wesentliches von sich gab. Da war er ganz er selbst geblieben.

Nach einem Satz über seine Anreise kam er auf Kloppers Plan zu sprechen. Seine waghalsige Flucht ließ er unerwähnt. Harald schnitt nie auf.

Leo sah sich in seiner Vermutung bestätigt, dass die Insel irgendwann auch solchen Problemen bekommen würde. Haralds Worten nach war da etwas im Gange, was zu einer ernsten Gefahr für PACIFIS werden konnte und eine sofortige Reaktion verlangte.

Ben Cartwright, kaum geweckt, verstand und reagierte. Wenige Minuten später liefen einige Marines unter Haralds aufopferungsvoller Begleitung los, er hatte sich von seinem Rennen kaum erholt, um nachzuschauen, ob Klopper noch zu packen war. Doch hatte die L´Ondine schon abgelegt, als sie den Außenring erreichten und war nur noch ein Punkt am Horizont, den das erste Morgengrauen aus dem Dunkel hob.

Nach zwei Stunden unterbrach Radio PACIFIS sein Morgenprogramm und ein sonorer Bariton verbreitete auf den noch möglichen Frequenzen die Meldung, die er jede halbe Stunde neu verlas.

„This is Radio PACIFIS, 26°South 120°West to all owners and captains of boats and ships bearing down on us: Please stay away from our coordinates for your own protection, unless you are a help to defend us against invadors, who, approaching probably from the east, may attack our Island soon. We are poorly armed and lack any military equipment. Some friendly firepower could be useful. In case, you can help, don´t contact us, just come."

Der Aufruf war offen, ehrlich und gefährlich. Er lockte gleichermaßen Freund und Feind herbei und wer was war, würde sich erst zeigen, wenn sie vor PACIFIS lagen. Der bewusste Verzicht auf jeglichen Kontakt sollte verhindern, dass die Angreifer Informationen über potentielle Helfer bekamen und zusätzliche Verunsicherung und Komplikationen durch Fehlinformationen und Lügen verbreiten konnten. Die Aktionen sollten für sich sprechen, um Angriff von Verteidigung zu unterscheiden.

IX

Kapitän Juri Jewsejewitsch Rosenfeld war um ein paar Ecken mit Lew Borissowitsch Kamenew verwandt, ein enger Mitarbeiter Lenins und obendrein Trotzkis Schwager, der im ersten Moskauer Schauprozess 1936 zum Tode verurteilt und hingerichtet worden war. Kamenew, „Der Steinerne", geborener Rosenfeld, hatte der „Vereinigten Opposition" gegen Stalin angehört, ein unterschwelliger Makel, der in der Sowjetunion noch lange mit Juri Jewsejewitschs jüdischen Familiennamen in Verbindung gebracht wurde. Erst nach Kamenews später Rehabilitierung 1988 stand einer Kapitänslaufbahn von Rosenfeld nichts mehr im Wege. 1991 trat er in die neu entstandenen russischen Seestreitkräfte ein, nachdem die sowjetische Marine unter der Ukraine und Russland aufgeteilt worden war. 2016, mit 53, wurde er zum Kapitän 1. Ranges befördert und hatte seither die Position des Konteradmirals angestrebt. Er war mittelgroß, von schlanker Statur, hatte ein ebenmäßiges, freundliches Gesicht mit prominenter Nase und kurzes, gelocktes Haar, das seinen Kopf wie eine dichte, schwarz-weiß melierte Minipli umgab. In der Eskalation des 3. Weltkriegs übernahm er die Führung eines Zerstörers der Projekt 1155 Fregat I Klasse und verließ kurz darauf den Stützpunkt der russischen Pazifikflotte Petropawlowsk-Kamtschatski mit Südkurs, um vornehmlich U-Boote zu bekämpfen, deren Kernwaffen zu einem Problem für ganz Asien geworden waren.

Sein wichtigster Offizier an Bord war Leutnant Felicia Arturowna Derschawina, zuständig für Instandhaltung und Betreuung der Systeme und Netzwerke im Nautik-, IT-, Kommunikations- und Sicherheitsbereich und somit Auge, Ohr und Stimme seines Schiffs. Sie kam aus Kasan im westlichen Ural und äußerte sich nie über eine mögliche Verwandtschaft mit dem gleichnamigen, russischen Dichterfürsten aus der Zeit vor Puschkin, der ebenfalls Kasaner gewesen war. Rosenfeld dachte daran, fragte aber nicht nach, überzeugt, dass sich so etwas nicht gehöre. Herkunft war für ihn, der zeitlebens unter seiner gelitten hatte, intim und vertraulich zu behandeln, selbst wenn ihr nichts Negatives anhing.

In den Militärdienst war Felicia Arturowna mit der Hoffnung eingetreten, Krieg durch Abschreckung zu verhindern, was gründlich fehlgeschlagen sollte. 2008 hatte sie ihre Kadettenausbildung mit Auszeichnung abgeschlossen und 2018, als dies für Frauen möglich wurde, sich an

Bord des Zerstörers gemeldet, den Rosenfeld befehligte. Sie entwickelten schnell eine Zuneigung für einander, die die beruflichen Schranken hob und sie zu Liebesleuten machte. Ihre Beziehung versteckten sie aber unter Deck und der Decke, die auf Felicias Bettstatt lag.

Sie hatte eine ausgesprochen hübsche, fast kindliche Figur und ein zartes, meist ernstes Gesicht, das einen leichten asiatischen Einschlag verriet. Ihre Gespräche, dienstlich wie privat, führte sie leise in einem dunklen, angenehmen Timbre mit präziser Wortwahl und der Intelligenz, die Kommunikation zur Freude macht. An Bord war sie beliebt bei jedermann. Allein Juri Jewsejewitsch gegenüber ließ sie sich nach wenigen Monaten ihrer Beziehung lautstärker und zuweilen sogar zornig aus, wenn sie über die „verblödeten Berufspolitiker" herzog, „... denen es in der unverantwortlichen und absurden Ausübung ihrer Befehlsgewalt nie um das Wohl der Menschen gegangen war, sondern nur um den Erhalt von Macht und Einfluss ihrer eigenen Partei oder Person. Wo Weisheit leiten müsste, wird diese Welt seit Jahrtausenden mit Bauernschläue und Betrug regiert. Das nennen sie dann Diplomatie, von deren brüchigem Podest die Herrscher immer wieder plump erbost herabgesprungen sind, um sie mit anderen Mitteln fortzuführen. Krieg ist die blöde Unfähigkeit oder der brutale Unwille der Regierenden, Frieden zu erhalten." Ihre bittere Verachtung spie Gift und Galle. „Aber sie schaufeln sich mit unserem ihr eigenes Grab. Die Geschichte hat dies eins ums andere Mal bewiesen. Sie glaubten es nur nie. Man hätte helfen sollen, ihre Löcher früher auszuheben, um sie dort vor dem Chaos, das sie wieder und wieder in der Lage waren anzurichten, rechtzeitig und endgültig zu beerdigen. Ich hätte gern mit angepackt."

Juri Jewsejewitsch, den Felicia liebevoll ‚Dschejdschej' nannte, wenn sie allein waren, bewunderte ihre anarchistischen Ausbrüche, in denen sie die Kleingeister der großen Politik druckreif in den Dreck zog und sich die nötige Luft verschaffte, um mit stiller Routine und dem scheinbaren Fatalismus einer, die aus Hoffnungslosigkeit zur trauernden Beobachterin des ewig Unabwendbaren geworden war, ihren Dienst zu tun. Wie ihr Verhältnis, versteckten die beiden jedoch auch diese gemeinsame, konspirative Verachtung der Politiker, die die Welt in den Abgrund gestürzt hatten, vor den Matrosen. Die Disziplin an Bord ging vor.

Nach dem Erlöschen des Nuklearkrieges, er hörte im allgemeinen Entsetzen und Verrecken plötzlich auf, befand sich der russische Zerstörer ohne Befehl und Auftrag auf Position 23° 22' südliche Breite und 118° 19' westliche Länge im Pazifik, als der Wachhabende einen Radiofunkspruch aufnahm und Felicia kontaktierte. Er begann mit: „This is Radio PACIFIS, 26° South 120° West … .“

X

Eine halbe Stunde nach der ersten Radiomeldung hatte sich ein Großteil der Bevölkerung von PACIFIS vor der Plattform unaufgefordert versammelt, um zusammenzurücken und sich gemeinsam auf die Bedrohung vorzubereiten. Wenige waren auf den Kreuzfahrern geblieben. Die meisten lagerten an Deck im Schneidersitz oder mit angezogenen Knien mit Blick auf die Bohrinsel und unterhielten sich leise, gespannt, was die Chefs von der Plattform ihnen zu sagen hätten, ob und wie sie zur Verteidigung der Insel beitragen konnten und wann mit einem Angriff zu rechnen sei.

Währenddessen saßen Leo, Gordon, Chris, Jee und Werner allein im Konferenzraum an dem runden Tisch, der leicht zwanzig Personen Platz bot und schauten sich nachdenklich an. Rihanna war nicht dabei. Sie hielt sich vorsichtig raus, befürchtete mehr zu stören, als von Nutzen zu sein und keiner erwartete auch etwas von ihr. Sie war die Neue im engsten Zirkel und würde es auch für eine Weile bleiben.

Pellhörn und Cartwright hatten mit ihren Matrosen auf dem Außenring Posten bezogen, die Expertencrew war zu ihren Arbeitsplätzen zurückgekehrt. Ruhe bewahren und abwarten, keine Panik auslösen, darum musste es erst einmal gehen. Sie rechneten mit mindestens drei Wochen, bevor Klopper wieder anrücken würde, wenn überhaupt. Aber nach Haralds Einschätzung, war er sehr entschlossen, und die Aussicht, sich mit PACIFIS eine echte Überlebenschance zu erobern, würde ihm unter den brutalsten Verzweifelten rasch den Zulauf bringen, auf den er hoffte.

„Die wollen was hören, Leo", sagte Werner und „It´s your turn!" Jee. Gordon legte ihm die Hand auf die Schulter. „Yep, talk to them. Few words." Leo schüttelte sich innerlich so stark, dass es sichtbar wurde. Ihn durchflutete ein trotziger Ekel, der es ihm unendlich schwer machte, vor eine große Anzahl seiner verrückten Spezies zu treten, egal, ob es die Guten oder die Bösen waren.

In sein Zögern hinein hob Chris die rechte Hand und sagte: „I can do it." Alle schauten sie ein wenig überrascht an. Sie schüttelte fragend den Kopf: „No?".

„Sure", beeilte sich Gordon, „why not?! You do it. And a female voice is always soothing, so … "

„Hey, hey", unterbrach ihn Chris mit freundlichem Protest und stand auf.

„No, I mean … don´t get me wrong, Chris. It´s the best we can do for now. Prevent panic."

„Okay, das Mikro, bitte." Chris schaute Gordon mit dem Anflug eines spöttischen Lächelns direkt in die Augen, während er sich langsam erhob.

„Sure, my dear." Er trat ans Pult, schaltete den Verstärker ein, zog ein Kästchen aus dem Regal und reichte es Chris. „Sorry, honey, you´re perfect."

Leo hatte die Arme vor der Brust verschränkt und beobachtete zurückgelehnt regungslos die Szenerie. Sollte Chris das ruhig machen, ihm war es nur recht.

„Well, okay, boys … ", Chris nahm das Mikro aus dem Kästchen, „… here we go!". Werner und Jee nickten ihr aufmunternd zu.

Sie umrundete den Tisch, legte Leo im Vorbeigehen flüchtig eine Hand auf die Schulter und verließ den Konferenzraum, ein wenig belustigt über die Jungs, die scheinbar immer noch nicht wussten, was in ihr steckt. Sie ging zum Geländer der Plattform, schaltete das Mikro ein und sagte laut und freundlich:

„Good morning, people of PACIFIS. As you know already, we were lucky to unveil a conspiracy in time. Now we can brace us up for what´s to come. There is no declared threat, just the plan of a man from Southafrica, who fled, being unmasked by a friend of us. But maybe he´s looking for others, to join in and they may come back. He said so and it´s very likely, that he will return. This destroyed world out there is frantic and it seems to approach sooner, than expected. But we have three weeks at least, maybe a month or more. As you heard on the radio, we asked for help and we are confident, that it will come. The first we can do is bringing all ships from outside in. The harbourmasters will work out a plan and surveil its realisation in the following days. But whoever wants to leave PACIFIS is free to do so. Now go back to your work or quarters and be confident. We´ll work it out. Yes, we can work it out."

Der Applaus dauerte eine Weile und Chris nahm ihn ruhig entgegen. Dann drehte sie sich um und ging zurück in den Konferenzraum.

„Prima, gute Idee mit den Booten", rief ihr Leo mit zwei erhobenen Daumen über die anderen drei hinweg entgegen, die an der Tür ihre Ansprache verfolgt hatten und sie nun schulterklopfend in Empfang nahmen. „Well done", „spitze" und „good speech" waren ihre anerkennenden Kommentare. Chris´ kurze Rede hatte rundum gepasst, Lage, Ausblick, erste Aktionen, kurz und klar. Der Umzug aller außerhalb liegenden Schiffe ins sichere Innere des Inselrings war ihr spontan eingefallen und ihn anzuregen nur logisch gewesen. Belustigt schob sie sich die Gratulanten vom Hals.

„Is´ gut Jungs, jetzt holt die Hafenmeister."

XI

Klopper hatte Haralds Verfolgung gestoppt, als deutlich wurde, dass seine Schergen ihn nicht einholen würden. Jetzt dieser Inselpolizei, immerhin Marines, in die Arme zu laufen und festgesetzt zu werden, hätte das Aus für ihn und seinen Plan bedeutet.

Auf ganzer Linie sauer über den Fehlschlag, war er mit seinen beiden Vasallen zur L´Ondine zurückgehastet, hatte die verpennte Crew von Bord auf den Anleger gescheucht, eine kurze Ansprache gehalten und nur die wieder zusteigen lassen, die sich seinem Kommando bedingungslos unterwerfen würden. Vier hatten den Kopf geschüttelt, die Hände gehoben und bald der mit Ostkurs flüchtenden L´Ondine skeptisch hinterhergeschaut. Dieser Skipper war ihnen von Anfang an nicht geheuer gewesen.

Klopper hoffte vor Südamerika auf genügend seefahrende Kriminelle zu stoßen, mit denen er die Eroberung PACIFIS´ angehen konnte. Sein Vorhaben verbreitete sich unter den möglichen Aspiranten wie die Pest und schon nach kurzer Zeit konnte er auf eine kleine Armada aus Fischerboten, Barkassen und Hochsee-motoryachten von knapp vierzig Schiffen zählen, die sich vor den Osterinseln gesammelt hatte und deren Kapitäne seinen Plan mit grimmiger Entschlossenheit begrüßten. Fast alle hatten Waffen an Bord, meist kleinkalibriges Zeug, das ihnen aber reichte, um sich der nötigen Schlagkraft für die Eroberung der laut Radio PACIFIS unbewaffneten Insel sicher zu sein. Sie war für sie zum El Dorado geworden, wo man sich, selbstverständlich über Leichen hinweg, das Überlebensglück erkämpfen konnte.

Klopper war siegessicher, trotz der Soldatenpolizei. Die musste umgelegt werden, klar. Aber ansonsten würde es ein Kinderspiel sein, die Insel einzunehmen und den dort friedlich ‚grasenden Schafen‘ ein neuer, ein wenig strengerer Hirte zu sein. Er dachte an die tollen Messen der Tyrannus Apostolic Church zuhause. Die würde es wieder jeden Sonntag geben. Er hatte sicher SEINEN Segen.

Stolz stand er nun am Bug der L´Ondine, schaute Richtung Westsüdwest und wusste selbstzufrieden seine Kombattanten hinter sich, die ihm im lockeren Verband, umkurvt von den schnellen Motoryachten, mit dumpfem Grollen folgten. Klopper zog geräuschvoll die Nasenne-benhöhlen frei und spuckte die „Auster" mit Druck über die Reling ins Meer. Ein Kinderspiel! Seine Flucht von PACIFIS war gerade mal vierzehn Tage her. Wer oder was sollte seinen „Blitz" noch stoppen?

XII

Die Nordhalbkugel war mittlerweile eingefroren. Höheres tierisches und pflanzliches Leben existierte nur noch in Kältestarre unter der Erdoberfläche. Ein mehrjähriger atomarer Winter würde für viele Organismen jedoch tödlich enden. Wo Menschen überlebt hatten, drängten sie sich in den wenigen mit Erdwärme versorgten Behausungen und Gebäuden zusammen, die schnell zu Stätten schleichenden Siechtums oder rasender Zerstörung verkamen. Wenig später wurden die noch begehbaren Bergwerke zu schwülwarmen Höhlensystemen des Grauens.

Die Nahrungsreserven waren viel schneller verbraucht, als erwartet. Nur anfänglich versteckter Kannibalismus war bald an der Tagesordnung. Überall wurden Sterbende wie selbstverständlich verspeist. Humankost.

Jeder Ausweg aus dieser Situation war versperrt. Transportsysteme existierten nicht mehr. Längeres Verweilen auf der Erdoberfläche endete durch den radioaktiven Fallout, die erhöhte UV-Strahlung und den extremen Frost bei anhaltenden Stürmen meist tödlich. So blieb jeder dort, wo er war und arrangierte sich mit der Aussicht auf ein kurzes und meist erbärmliches Überleben, an dessen Ende ein Kochtopf oder eine Pfanne stand.

Nur wenige hatten es mit Glück in ein sich selbst erhaltendes System geschafft, wo ein halbwegs menschliches Zusammenleben möglich gewesen wäre. Aber auch dort griff der Wahnsinn um sich und machte aus dem Fegefeuer bald die Hölle.

Jene Politiker, Militärs und Industrielle, Hartholzköpfe, die das nukleare Armageddon zu verantworten hatten, waren längst gelyncht worden. Ihre Macht hatte sich verflüchtigt, wie ein Hasenfurz. Die Unentdeckten unter ihnen lebten noch eine Weile in ständiger Angst. Nur wenige sahen ihre persönliche Schuld an der Vernichtung der Welt ein, in der phantasielose Dummheit mit einem Knopfdruck zum realen Irrsinn hatte werden können. Aber alle versuchten zu überleben, bis sie ausgegraben und zerstückelt wurden.

In Südafrika, Südamerika, Australien und Neuseeland, überrannt vom Heer der Flüchtlinge aus dem Norden, ging der Kampf ums Überleben von einer Runde in die nächste und wurde immer brutaler. Jegliche Produktion war zum Erliegen gekommen, die Tiere geschlachtet, die Vorräte verbraucht. In der um sich greifenden Verrohung sprachen die Menschen nicht mehr, sondern mordeten stumm und emotionslos, bis sie so wenige waren, dass sie einander auch in den großen, verfallenden Städten aus dem Wege gehen konnten, wenn sie sich nicht gerade jagten. So verharrten diese unmenschlichen Existenzen, ihrem elenden Schicksal stumpf ergeben, in vorsteinzeitlichen Sozialverbänden, in denen die Fähigen und Gebildeten längst ausgerottet waren und schauten auf die Reste einer in Staub und Dunkelheit verkommenen Welt, die wieder aufzubauen ihnen absolut unmöglich war. Die meisten wussten nichts und konnten nichts.

Am erfolgreichsten überstanden das Desaster noch jene indigenen Gemeinschaften, die sich ihr traditionelles Wissen über Umwelt und Natur bewahrt hatten, und es sah danach aus, dass sie den Genpool für die Menschheit der Zukunft bilden würden, wenn es denn überhaupt eine geben sollte.

Kapitän Rosenfeld war mit seinen 350 Mann Besatzung auf sich allein gestellt. Ein Oberkommando gab es nicht mehr. Alle Bunker in Moskaus Untergrund war gestürmt und geplündert worden. Auch in Russland hatten die Verantwortlichen mit allen Mitteln versucht, zu überleben und auch unter ihnen war es kaum einem gelungen, nicht gewaltsam zu enden.

Juri Jewsewitsch und Felicia Arturowna hatten über die Nachricht von Radio PACIFIS und die Möglichkeiten ihrer Reaktion und deren Folgen nachgedacht.

Sich der Sache der „Guten", der PACIFIC-Bevölkerung anzuschließen, erschien ihnen zunächst logisch und entsprach ihrem Gerechtigkeitsgefühl. Ihr konventionelles Waffenarsenal war noch fast vollständig und konnte rasch einen zusammengewürfelten Haufen von Seeräubern ins nasse Grab des Abyssals befördern. Sollten die allerdings mit bewaffneten Kriegsschiffen anrücken, bestünde die Gefahr, dass eine Konfrontation zu einer veritablen Seeschlacht mit völlig ungewisser Prognose ausarten konnte.

Daher war die Option zu überprüfen, den Hilferuf zu ignorieren und aus der Distanz zu beobachten, wie sich der Konflikt entwickeln würde. Nach der gegenseitigen Dezimierung der Kontrahenten wäre es ihnen dann vielleicht möglich, PACIFIS zu übernehmen, um das Inselexperiment fortzuführen. Andererseits war davon auszugehen, dass die Auseinandersetzung irreparable Schäden auf der Insel verursachen würde, was aber unbedingt verhindert werden musste, denn Ersatzteile waren nicht mehr zu beschaffen. Juri und Felicia verwarfen die Option.

Eine Parteinahme für die Angreifer allerdings führte vielleicht zu einer raschen, Mensch und Material schonenden Beendigung der Auseinandersetzung, da sie sich die Bedrohung, die von der Bewaffnung und Schlagkraft der Piraten ausging, zunutze machen und auf eine rasche Kapitulation hoffen konnten. Ihre anschließende Bändigung wäre natürlich ein Problem, ließe sich aber sicher mit einigem Verstand lösen, da Felicia und Juri fest davon ausgingen, dass das Gros der Aggressoren ihn verloren hatte.

Es fiel ihnen also schwer, verantwortungsvoll zu entscheiden, welches Vorgehen das Sinnvollste für Besatzung und Boot war, zumal ihnen konkrete Informationen über Angreifer und Verteidiger fehlten. Und so beließen sie es bei der Analyse ihrer Möglichkeiten und beschlossen, sich PACIFIS und den möglichen Invasoren zunächst nur zur Beobachtung anzunähern, ohne jedoch das feste Ziel, Zerstörungen auf der Insel zu verhindern, aus den Augen zu verlieren, koste es, was es wolle, wa schto bj to nje stalla. Vielleicht würde dort auch für sie und ihre Besatzung ein Weiterleben möglich sein. Juri befahl eine Generalinspektion. Klar Schiff machen. Dann sollte es losgehen.

Zehn Tage später, nach der Überprüfung aller Funktionen, setzte Kapitän Rosenfelds Marschbefehl den Zerstörer mit Kurs Südost in Bewegung, um verlässlich aufzuklären, was sich der Radiomeldung nach von Osten auf PACIFIS zubewegen würde. Kurz vor dem Erreichen der angepeilten Position in Sichtweite der Insel, versammelte sich die Mannschaft zur Lagebesprechung an Deck und versetzte anschließend, durch die Aussicht, auf PACIFIS eine echte Überlebensperspektive zu finden hochmotiviert das Schiff in Kampfbereitschaft. Diese Chance musste genutzt werden, wa schto bj to nje stalla. Auch ihnen gingen die Vorräte aus.

XIII

Der angekündigte Umzug ins Inselinnere vollzog sich ruhig nach Plan. Jedes Schiff wurde von den Hafenmeistern unter einer Kennzahl mit Zeit- und Ortsangabe registriert und dirigiert. Noch gab es genügend Platz, die

Fläche war riesig, da der Ausbau des Innenraums nur langsam vorankam.

Allerdings hofften die Experten mit einer neuen Technologie den Prozess zu beschleunigen. Denn mittlerweile produzierte PACIFIS seinen Plastikbedarf selbst. Sie nutzten ein Verfahren, das Professor Prashant Nagpal von der University of Colorado in Boulder noch in Friedenszeiten publiziert hatte 2019 war es seinem Forschungsteam gelungen, einen Nano-Bio-Hybridorganismus zu konstruieren, der mit CO_2 und Stickstoff aus der Luft sowie Lichtenergie Kunststoffe, Benzin, Diesel oder Ammoniak produzieren konnte. Die Anwendung dieser Technologie versetzte PACIFIS in den Status umfassender Autarkie. Es war nicht mehr auf den Plastikmüll der Welt angewiesen, auch wenn er zuhauf angeschwemmt wurde - im Gegenteil. Ihn von der Insel fern zu halten war ein neues Problem, da er durch zunehmende radioaktive Verseuchung als Rohstoff unbrauchbar und langsam zu einer Bedrohung für die Gesundheit der Inselbevölkerung wurde.

Mitten in den Umzug hinein erreichte die Bohrinsel vom Außenring die Nachricht, dass sich ein russischer Zerstörer aus Nordwest PACIFIS näherte. Die Leitung trat zusammen, um die neue Situation zu besprechen und zu entscheiden, wie sie reagieren sollten. Seit Tagen wehte ein ungewöhnlich steifer Wind von Osten.

Leo, Chris, Jee, Werner und Gordon, mittlerweile scherzhaft und doch mit Respekt „die Fünferbande" genannt, hatten, wie immer, den Vorsitz. Es musste eine direkte Kommunikation mit dem Kommandanten des Kriegsschiffs gefunden werden, um zu klären, auf welcher Seite die Russen standen, da jeglicher Satellitenfunkverkehr seit langem zusammengebrochen war. Also wurde beschlossen, ein Boot mit Weißer Flagge zu dem sich mittlerweile auf Sichtweite angenäherten Zerstörer zu entsenden, um Aug´ in Aug´ herauszufinden, womit man rechnen musste - Freund oder Feind. Ein Dolmetscher war schnell gefunden. Mehrere in der Expertenrunde sprachen Russisch. Die Entscheidung, wer als Unterhändler geschickt werden sollte, fiel ebenso schnell wie einstimmig. Chris und Pellhörn, eine Frau und ein Ex-Blauhelmkapitän und im Besonderen diese beiden, erschienen allen für die Aufgabe bestens geeignet zu sein.

Als der PS-starke Hochseefischer bald darauf in rauer See und dichtem Zwielichtdunst PACIFIS mit Kurs auf den russischen Zerstörer verließ, war ganz klassisch ein weißes Bettlaken das einzige, was man als Fahnenersatz hatte finden und aufziehen können. Nun flatterte es im Fahrtwind mit der Hoffnung der Unterhändler, auch bemerkt zu werden. Auf ihrer halben Distanz zum Zerstörer meldete die Wache Kapitän Rosenfeld die Annäherung der Parlamentärflagge auf der einen und in größerer Entfernung Kloppers Flotte auf der anderen Seite. Die Sache spitzte sich zu.

Juri ließ Alarm geben und dem Boot von PACIFIS eine Leiter runter, froh, dass sich dort eine mögliche Entscheidungshilfe näherte. Felicia kam an Deck und beide beobachteten mit Spannung durch ihre Ferngläser die bewegte See, auf der sich das Fischerboot in wildem Ritt durch aufspritzende Gischt näherkämpfte. Aber auch die Piraten rauschten heran und hatten den Wind im Rücken.

XIV

Als Geert Klopper den russischen Zerstörer entdeckte, war er für einen kurzen Moment verunsichert, wischte aber sofort stiernackig alle Bedenken beiseite, unwillig, sich mit der neuen Situation auseinanderzusetzen. Berauscht von der vollen Fahrt voraus, befand er sich innerlich bereits in der Attacke auf die Insel und zählte stumpf darauf, dass die Russen zuschauen und nicht eingreifen würden. Eine Seemeile vor PACIFIS signalisierte er mit dem verabredeten Schuss aus der Leuchtpistole seiner Piratenarmee den Angriff, worauf diese mit einer diabolischen Kakophonie ihrer Nebelhörner antworteten. Euphorisiert vom nahen Sieg, stand der Bure mit schiefem Grienen am Ruder der L´Ondine, als ihm zwei in geringer Entfernung kurz aufeinander explodierende Bomben eine sechs Meter hohe Welle entgegenschickten, hinter der er in die Tiefe fiel. Von den unerwarteten Detonationen irritiert, verlangsamten die Kapitäne der vorderen Boote ihre Fahrt, wodurch es zu einigen Havarien zwischen den Seeräubern kam. Ihr Boss war verschwunden und blieb es hinter der auf sie zu rollenden Riesenwelle auch für eine Weile. Als er wieder auftauchte hatte er sich schon weit entfernt.

Klopper, nach der glücklich überstandenen Wellenberg- und -talfahrt in wilder Rage, lief immer noch mit Volldampf auf die Insel zu, als ein kleinkalibriges Splittergeschoss seinen Oberkörper zerfetzte, wodurch er schlagartig verstarb und die Leichenteile vom Steuer weg aufs Meer hinaus verspritzt wurden. Das Boot fuhr eine scharfe Linkskurve, die es fast zum Kentern brachte. Im Tode hatte er das Ruder noch einmal herumgerissen, unfreiwillig und zu spät. Der halbe Klopper, oberhalb des Zwerchfells stand nur noch ein Stück Wirbelsäule, und Teile des Führerhauses waren einfach weggesprengt. Alles andere blieb intakt, niemand sonst wurde verletzt. Der Schuss, ein Zufallstreffer, hatte eigentlich dem Bug gegolten, aber die L´Ondine war einfach zu schnell gewesen und ein dreistes Leben hatte ein grässliches Ende gefunden.

Den ersten Schock überwindend, sprang Bosman auf die Brücke, griff sich über Kloppers blutigen Rumpf hinweg das durch die anhaftenden Gewebefetzen glitschige und nun ein wenig verklemmte, schwergängige Ruder und hielt auf die anderen Piraten zu. Die meisten, immer noch zeternd mit dem Chaos der Havarien beschäftigt, hatten den Treffer auf der L´Ondine nicht bemerkt und ahnten nichts vom Ende ihres Admirals. Nun, erstaunt über seine Rückkehr, entdeckten sie aber schnell das lädierte Führerhaus und waren doch mehr beeindruckt von der Tatsache, dass der Zerstörer ebenfalls auf sie zuhielt. Erst als die L´Ondine eintraf und sich zwischen die Boote drängelte, sahen und erkannten die Ersten den rohfleischigen Rumpf mit der schwarzrotgestreiften Hose auf dem Boot und brüllten die Entdeckung von Bord zu Bord.

„Klopper´s dead, Klopper´s dead.“

Sechstes Kapitel

I

Drei Jahre nach Kriegsstopp lebten von den einst 7,8 Milliarden Menschen noch knappe zwanzig Millionen ausschließlich auf der Südhalbkugel.

Alle knapp 14.000 weltweit vorhandenen und zur Explosion gebrachten nuklearen Sprengköpfe, davon zu gleichen Teilen allein 13.000 von den USA und Russland sowie der Ausbruch des Yellowstonevulkans, hatten die Weltbevölkerung plötzlich und brutal dezimiert. Dennoch war vielen ein erstes Überleben möglich gewesen. Wer dann in der Folgezeit nicht an Unterernährung oder nuklearer Vergiftung starb, wurde von anderen Überlebenden getötet, bis diese selbst getötet wurden. So hielt in der Restbevölkerung der Erde, gefangen in wildem Überlebenstrieb, die Selbstzerstörung an, die von nur wenigen begonnen worden war. Der Teufel in Menschengestalt hatte weltweit übernommen und die sozialen und technischen Errungenschaften der letzten 10.000 Jahre in den Sumpf des Vergessens gestampft. Dabei war den mehr Aus- als Eingebildeten in Politik und Wirtschaft schon lange klar gewesen, dass sich das Raumschiff Erde hätte steuern lassen können. Das dazu notwendige Wissen und die Mittel waren vorhanden, alle Erfindungen gemacht. Das Paradies auf Erden lag greifbar nah. Die Menschen hätten es sich nur gegenseitig gönnen müssen. Aber die Mehrheit war so blind und unwissend geblieben, sich statt weise und weitsichtige Führer, egomanische, verantwortungslose Alphas zu wählen, die auf Xenophobie und ungesunden Egoismus bauend, sie mit Nationalismusgeschwafel, frechen Lügen und falschen Versprechungen in den Krieg gestürzt hatten, nur dieses Mal in den finalen. Unfassbar.

‚Wäre der Menschheit Niedergang überhaupt zu verhindern gewesen?' Leo ging diese Frage immer noch durch den Kopf. ‚Waren sie, wie Lemminge durch Überpopulation in Panik geraten, dummerweise von der Klippe gesprungen? Oder mussten sie, für diese Welt zu dominant geworden, aussterben, wie einst die Dinosaurier? Nur, die Dinos hatten sich nicht gegenseitig ausgelöscht, und Lemminge begehen auch keinen Selbstmord!'

Lag also die Ursache, warum die Menschen aufeinander einschlugen und im dumpfen Herdentrieb immer wieder in all den Jahrtausenden in den Krieg gezogen waren, einzig in der realen oder ihnen eingeredeten Bedrohung durch Fremde, oder ist womöglich die allgegenwärtige Angst vor dem Tod, wie manche Theoretiker psychologisierten, wirklich der irrwitzige Grund dafür, andere zu töten, um sie zu überleben und so dem Tode zu entkommen?

„Alles Unsinn", meinte Leo. Die meisten Menschen hatten doch vor dem Hintergrund ihres alltäglichen, kleinlichen, sozialen Hickhacks oder Glücks nur ihre Kinder in Frieden aufwachsen sehen und die Rechnungen bezahlen wollen. Nichts anderes. Sich streiten, auch prügeln, ja. Aber sich gegenseitig töten liegt den Menschen, bis auf wenige kranke, professionelle oder ideologisch verwirrte Ausnahmen, eigentlich fern, es sei denn, man versetzt sie durch Lügen über das unverstandene Fremde, den „Feind" oder die willkürliche Androhung eines Standgerichts in Todesangst, letzteres als brutales und freches Un-Recht der kriegsgeilen Soldateska, Tötungsunwillige als Befehlsverweigerer oder Deserteure an die Wand zu stellen, um mit kuschenden Truppen die Kriegsmaschinerie zu bedienen. Ganz sicher war es auch das triebhafte Jucken in den Fingern einiger gedrillter Militärs gewesen, ihrem jahrelangen Kampftraining mit dem Drücken des Abzugs einen Sinn zu geben, benutzt von Wenigen, die zwanghaft ihr Süppchen aus Macht und Reichtum kochen mussten, um nächtens in der Lage zu sein, selbstsicher und potent ihre jungen Weiber zu besteigen, oder, wenn das nicht mehr ging, um sich wenigstens an ihrem Platz in der Königsloge aufgeilen zu können.

,Wie primitiv und lächerlich und doch womöglich genau so!' Leo schüttelte den Kopf.

Was dachte ein Präsident jedweden Landes oder Weltkonzerns - die reichsten durchweg Banken -, wenn er morgens in den Spiegel sah? Dachte er an das Glück und Wohlergehen der Menschen, deren Leben er mit seinen Entscheidungen lenkte, oder berauschte er sich, am Ende seiner Karriereleiter angekommen, doch nur an der Aussicht vom Penthouse seines Elfenbeinturms herunter, wo er sich im Glanze des Erfolgs unantastbar wähnte. Ist Macht der Feind der Weisheit? Korrumpiert sie früher oder später jeden, ob er will oder nicht? Fast scheint es so.

,Wer immer Macht anstrebt, muss entmachtet werden, sonst läuft was schief.' Da war sich Leo schließlich sicher.

II

Nach dem Endkrieg waren die Osterinseln traurige Endstation des Exodus´ von der Westküste Südamerikas auf die See geworden und es hatte den Anschein, als sei PACIFIS in Vergessenheit geraten oder im kollektiven Gedächtnis mystisch verschollen, wie einst das Atlantis der Antike. Sie waren allein in ihrem Meereswirbel und alles drehte sich nur noch um sie selbst, wie der Horizont und der Stand der blassen Sonne, die kaum heller scheinen wollte, denn auf der Nordhalbkugel brannten immer noch Moorlandschaften, Erdölquellen und zerstörte Kernkraftwerke.

Kloppers Angriff auf die Insel war der erste und letzte geblieben. Seine zusammengewürfelte, führerlose Räuberflotte hatte sich angesichts der bedrohlichen Bordwände des russischen Zerstörers gleich ergeben, wie verlangt, die Waffen über Bord geworfen und ihre Boote zu einer Nebeninsel zusammengeschraubt. Eine Zeit lang wurden sie dort beobachtet und versorgt, während sie sich um die Anzahl der Unverbesserlichen dezimierten, denen die kriminelle Energie immer noch ganz offensichtlich aus den Augen geglotzt hatte. Den Klügeren war klar geworden, dass man diese „Selbstreinigung" von ihnen erwartete, um sie auf PACIFIS willkommen heißen zu können. Dann begann ihre Integration, die sie geläutert und bald freudig selbst betrieben, dankbar, der Hölle auf dem fernen Festland, von dem man nichts mehr hörte, entkommen zu sein.

Auf PACIFIS herrschte betriebsamer Frieden. Jeder der nun knapp 8000 zumeist männlichen Bewohner dieser schwimmenden Kleinstadt, war bemüht, ihn zu wahren und seinen Beitrag zum Ausbau und Erhalt der Insel zu leisten. Die wenigen Frauen waren verehrte Priesterinnen der Zukunft und der Liebe. Glücklich, wer eine hatte.

Immer samstags versammelte sich dieses kaum halbe Promille der Menschheit auf den drei Decks an der Plattform zu einer überschaubaren Menge. Regelmäßige Feste hatten Bekannt- und Freundschaften geknüpft und die Einrichtung einer Entbindungsstation und den Ausbau eines Hort- und Schulschiffs veranlasst. Es gab drei Sporthallen sowie zwei Theater in ausgebauten Kreuzfahrern.

Die Ernährung war gesichert. Fisch gab es reichlich, die gut gedüngten Gewächshäuser waren produktiv, die Insektenzuchten auf Algenbasis machten Freude. Die Burger schmeckten Jung und Alt. Völlerei galt als ungesund und unsozial. Man achtete auf einander, was für einige vielleicht ein wenig unbequem war. Aber schließlich befand man sich auf einem Schiff, wenn auch einem riesigen, wo immer schon mehr Disziplin verlangt wurde, als an Land.

Juri Jewsejewitsch und Felicia Arturowna waren in die Inselleitung aufgenommen worden und hatten zusammen eine Kabine auf der Plattform bezogen. Ihr Kreuzer wurde weiterhin gewartet und blieb nördlich von PACIFIS für alle Fälle im Einsatz.

Jan Pellhörn und Ben Cartwright durften bald hin und wieder Kapitän auf der Kreuzerbrücke sein, froh über die sinnvolle Aufgabe, mit der sie sich auskannten.

Leo war nach einer Liebesnacht mit einer Peruanerin Vater von einem Mädchen geworden und hatte sich daraufhin zu einem Teilzeitfamilienleben entschlossen. Er wirkte entspannt und zuversichtlich. Sie hatten mit PACIFIS eine Rettungsinsel geschaffen, die weit mehr, als anfänglich gedacht, der Menschheit Überleben auf dem Planeten dienen konnte, da sich auf ihr eine Essenz von Kultur und Bildung gerettet hatte, die anderenorts verloren schien. Sie trug in sich einen zivilisatorischen Keim, der die Zukunft des Homo sapiens neu erblühen lassen konnte, sollte er in fruchtbaren Boden fallen, der wieder bewohnbar war.

Felicia, Chris und Rihanna wurden beste Freundinnen und eine starke Troika in der nur zahlenmäßig von Männern dominierten Leitungscrew. Die drei zusammen hatten großen Einfluss und nutzen ihn mit Übersicht und Organisationstalent.

Jee war mit einem Bengali zusammen, ein hübsches Pärchen, während Werner und Rihanna Eltern werden wollten, es aber nicht hinbekamen. Vielleicht lag es daran, dass Werner insgeheim der freifliegende Honigfresser von früher geblieben war und hin und wieder erfolgreich eine der raren Blüten auf der Insel anflatterte. Er verpasste schlicht den Moment und vergeudete die Substanz für eine Vaterschaft.

Gordon schätzte weiterhin die Dreierkiste mit Chris und Leo, zu der sich hin und wieder eine Finnin mit dem schönen Namen Päivi gesellte, die mal nach einem Fest auf der Plattform hängen geblieben war. Sie wohnte am Außenring, wie und mit wem, ließ sie im Dunkeln und keiner fragte oder forschte nach. Sie hatte stets ein sibyllinisches Lächeln und tauchte dann und wann einfach auf.

Die Zeit verging und die Sonne schien endlich heller. Ein Alltag war entstanden. Jeder hatten was zu tun und PACIFIS war groß genug und bot genügend Freizeitspaß, um für seine Bewohner nicht zu eng zu werden.

Die auf der Insel Geborenen wuchsen heran und erfuhren, sobald sie es verstehen konnten, von der Welt, die hinter dem Horizont lag und wie sie verloren ging. Man merkte, dass schon bei den Kleinen der Wunsch entstand, nachzuschauen, was aus allem geworden war. Über die Art

133

der Gefahren, die dort noch lauern konnten, ließ man sie jedoch im Unklaren. In ihnen eine Angst vor der Welt da draußen zu verankern, die ihnen den Rückweg auf die Kontinente verbieten würde, sollte verhindert werden zumal auch keiner wusste, wie es dort mittlerweile wirklich aussah. Am besten man blendete das Ganze aus und schaute vom Außenring ins Inselinnere, statt auf den Horizont.

So lag dem Anschein nach eine friedliche Gelassenheit über der Insel. Doch war der Frauenmangel ein wachsendes Problem. Das unterschwellige Knistern nahm zu. Werner musste aufpassen, war aber sicher nicht der einzige.

Dann begannen viele der Frauen aus heiterem Himmel ihre festen Beziehungen zu lösen. Es wirkte, wie abgesprochen, war es aber nicht. Wahrscheinlich wurden die Spannungen unter den Männern immer präsenter und veranlassten die Frauen schließlich unabhängig voneinander, etwas gegen den wachsenden Unfrieden, den sie natürlich auch spürten, zu unternehmen. So kam es aus weiblicher Intuition heraus zu den Trennungen, denn wo keine Ansprüche mehr bestanden, gab es auch keine Privilegien zu verteidigen.

Nachdem die betroffenen Männer ihren Schmerz verkraftet hatten, entspannte sich das Sozialleben der Insulaner erheblich Und plötzlich begriffen alle, dass es anders auf die Dauer gar nicht gegangen wäre. Neid und Missgunst auf die Verpaarten waren passé und ein schwelendes Problem verkümmerte wie ein alter Eiterpickel. Liebe sollte immer gewährt und nie gefordert werden können. Das war das Ziel, um mit dem unerklärlichen Seelenproblem, das die Menschen immer wieder erschüttert hatte, ins Reine zu kommen.

Das Geschlechterverhältnis begann ein wenig dem vorkolonialen Matriarchat der Nordamerikanischen Indianer zu ähneln, in dem es nur Mütter, Tanten und

Onkels gegeben haben soll. Väter waren in der Regel aufgrund der unbekümmerten Promiskuität nicht zu bestimmen. Es hätte immer einer von mehreren sein können.

Nach sieben Jahren völliger Isolation, in der niemand mehr den Weg nach PACIFIS gefunden hatte, wagten Jan, Ben, Juri und Felicia mit dem Kreuzer die Osterinseln anzusteuern, um herauszufinden, was dort vor sich ging. Es wäre auch möglich gewesen, den Heli zu nehmen, doch dann hätte man sie garantiert bemerkt, was aber möglichst zu vermeiden war, denn auf PACIFIS lief es so, wie es lief, ganz gut.

Nach einigen Tagen näherten sie sich nachts im Schutz der immer noch unbesiedelten Isla Motu Nui von Südwest Rapa Nui auf Sichtweite. Es gab dort noch Menschen, worauf einige Feuer in Küstennähe sowie wenige elektrisch beleuchtet Gebäude auf dem Teil der Insel, den sie einsehen konnten, belegten. Offensichtlich ermöglichten Stromerzeuger eine Elektrifizierung, was auf Organisation und Zivilisation hoffen ließ. Die Besiedlungsdichte schien gering zu sein, auch wenn die Nachtruhe eine genauere Schätzung unmöglich machte.

Ohne, Kontakt aufzunehmen, so war es nun einmal beschlossen, was besonders den Matrosen schwerfiel, denn vielleicht gab es ja einen Frauenüberschuss auf Rapa Nui, machten sie sich noch in der gleichen Nacht auf den Rückweg, eher froh, als beunruhigt darüber, Nachbarn zu haben und nicht allein zu sein.

III

Es begann unmerklich, gelangte jedoch plötzlich in aller Bewusstsein. PACIFIS driftete in südliche Richtung. Das veränderte Weltklima hatte, wie erwartet, auch die Meeres-

135

strömungen völlig verändert und bewegte den Wirbel unter der Insel auf die Antarktis zu. Die Winde wurden stärker, die Wellen höher und die Temperaturen fielen in manchen Nächten bald in fröstelnde Tiefe. PACIFIS bekam ein unerwartetes Heizungsproblem. Ein schwerer Orkan trieb sie eines Nachts mitten im Winter über die antarktische Konvergenz hinweg in den südpolaren Pazifik. Der Kreuzer verschwand im Sturm und tauchte nicht mehr auf. Keiner der Kapitäne war an Bord gewesen. Vielleicht hatte sich die diensthabende Mannschaft auf und davon gemacht, um auf Rapa Nui zu überleben, oder der Kreuzer war gesunken. So oder so, die Antwort wussten nur die Crew oder der Wind und die Wellen und bald fragte auch keinen mehr nach.

Dann löste sich der Wirbel auf und PACIFIS driftete in einer stärken werdenden Strömung schneller nach Südosten.

In der Ferne glitzerten Eisberge und bald würden erste Kollisionen den Außenring treffen und erheblichen Schaden anrichten. Versuche, mit der Reaktivierung einiger Schiffsmotoren die Insel lenkbar zu machen, schlugen fehl. Mit diesen starken Strömungen hatten PACIFIS´ Konstrukteure nicht gerechnet. Schwerfällig trieb die Insel immer noch langsam rotierend auf den Südpol zu. Stiller Fatalismus durchwuchs die Gemeinschaft. Es würde mit ihnen zu Ende gehen, glaubten viele und nur wenige hofften auf eine nördliche Strömung, sollte der südliche Atlantik jenseits Kap Hoorns erreicht werden können.

Die Crew trat nun oft zusammen, um die sich mehrenden Probleme zu besprechen. Unter ihnen waren noch die meisten Optimisten. ‚Iglutime is coming, but we survive!‘, war die Mutmachparole. Aber sie zündete nicht so recht unter der Inselbevölkerung. Mit der Kälte erstarrte die Hoffnung. Viele schielten nach dem Heli auf der

Plattform. Doch der war tabu und bald vereist und eingefroren.

IV

Es war in einer frostigen Neumondnacht, als Leo seine Kabine verließ, alarmiert von dumpfen Schlägen an den äußeren Bordwänden, die das Stahlskelett der Insel bis auf die Plattform übertragen hatte. Frierend in seinem dünnen Bademantel hielt er sich an der Reling fest und schaute in die schwarze Nacht. Im gleichen Moment, als er den riesigen Eisberg sah, schlug ihm das Geländer der Plattform ins Becken und katapultierte ihn mit einem Überschlag in die Tiefe. ‚Eine Kollision‘, dachte er noch im Sturz und öffnete die Augen. Es war heller Tag.

Leo fror. Seine Bettdecke lag zerknüllt am Fußende. Ruckartig setzte er sich auf und sah vor dem halb geöffneten Schlafzimmerfenster, dessen linker Flügel im Wind auf und zu schlug, die wild bewegten ersten Schneeflocken des Jahres, die durch den Innenhof des Hinterhauses in der Gartenstraße wehten. Die Ankündigung eines überraschenden Wintereinbruchs mit Sturmböen aus Nordost hatte sich bewahrheitet.

Benommen war Leo in die Küche gegangen und hatte sich einen Kaffee gemacht. Er nahm einen vorsichtigen Schluck und schaltete das Radio auf dem Kühlschrank ein.

„… haben in Erwiderung eines vermutlich iranischen Angriffs auf einen amerikanischen Flugzeugträger einen Tomahawk-Marschflugkörper in der Großen Salzwüste zur Explosion gebracht und nach iranischen Angaben ein Dorf dem Erdboden gleich gemacht. Zurzeit scheint am Persischen Golf eine bewaffnete Auseinandersetzung zu eskalieren, die weltweit die Streitkräfte der Staaten in

Alarmbereitschaft versetzt hat. Beobachter halten diese Entwicklung für äußerst kritisch. Auch in Deutschland werden alle Wehrdienst Leistenden und Soldaten in die Kasernen zurückbefohlen. Hierzu wird sich in Kürze das Verteidigungsministerium über die ARD und das ZDF äußern. - Das Sturmtief über Berlin ... "

Leo schaltete das Radio aus und ging zum Küchenfenster.

‚... einen Tomahawk-Marschflugkörper in der Großen Salzwüste ... .' Langsam leerte er seinen Becher, während er in das Schneegestöber starrte.

Dann holte er sein Handy vom Nachttisch und wischte sich Chris aufs Display. Sie war gleich dran, wie immer gut gelaunt.

„Leo, du? Überraschung. Wat is?"

„Hi, Chris, sach´ ma´", sagte Leo belegt und räusperte sich, „interessieren dich die Osterinseln?"